穆时英◎著

穆时英精品文集

Mushiying jingpin wenji

团结出版社

UNITY PRESS

图书在版编目（CIP）数据

穆时英精品文集／穆时英著. —北京：团结出版社，2018.1（2024.5 重印）
ISBN 978-7-5126-5491-4

Ⅰ.①穆… Ⅱ.①穆… Ⅲ.①中国文学—现代文学—作品综合集 Ⅳ.①I216.2

中国版本图书馆 CIP 数据核字（2017）第 198898 号

出　　版：团结出版社
　　　　　（北京市东城区东皇城根南街84号　邮编：100006）
电　　话：（010）65228880　65244790（出版社）
网　　址：http://www.tjpress.com
E-mail：zb65244790@vip.163.com
经　　销：全国新华书店
印　　装：三河市金兆印刷装订有限公司

开　　本：640mm×915mm　16开
印　　张：11
字　　数：200千字
版　　次：2018年1月　第1版
印　　次：2024年5月　第3次印刷

书　　号：978-7-5126-5491-4
定　　价：68.00元

前言 / QIANYAN

中国现代文学史上，可以说出现了很多不同的"派别"，正是这些派别的争鸣才成就了中国文学的繁荣。这其间不得不提的是"新感觉派"，或许人们对这个派别感觉陌生，但是相信对于该派代表人物穆时英就不同了。

穆时英——被誉为现代文学史上的"中国新感觉派圣手"。

1912年3月，穆时英出生在浙江省慈溪县，中国现代著名的小说家、新感觉派代表人物之一。穆时英早年就显露了过人的文学天赋，年仅17岁便考入了光华大学西洋文学系，同年开始从事文学创作，第二年发表处女作小说《咱们的时代》。此后一发不可收，1933年前后出版了四部小说集《南北极》《公墓》《白金的女体塑像》《圣处女的感情》。

穆时英与众不同的写作风格，在他的作品中自然呈现。这些作品也多数是描绘二三十年代上海都市文明昙花一现、畸形发展的社会生活场景。并揭示了社会上贫富对立的不平等现象。

穆时英所运用的艺术表现手法摆脱了都市文学的高雅，通篇充溢着下层人民粗犷、强壮的生活语言。也因此被誉为"普罗文学之白眉"。

穆时英所生活的时代，已然成为历史的记忆，但是他所留下的作品却值得任何时期任何时代的人去品读与领悟，于是，翻开扉页，一起随着文字的引导，走进穆时英笔下的真实世界。

目录 / MULU

黑旋风

汪国勋！这姓名多漂亮，多响！

他是我们的老大哥。《水浒传》里一百零八个英雄好汉，他都说得出；据他自己说，小时候曾给父亲逼着读完《四书》《五经》，但他的父亲一死，他所读的也给他一起带进棺材去了。他把武松钦佩到了极点，常对我们说："真是个男儿汉！不爱钱，不贪色，又有义气！"

他孝极了他的母亲，真听她的话。他到处学武松，专打不平。我们中谁不爱护他？他真够朋友！赵家渡里哪一个不知道汪大哥？但他也有坏处，他就爱女人，爱极了那个牛奶棚老板的女儿，她是在丝厂里当摇车的。汪大哥和她是从小在一块儿玩大的。那牛奶西施真是美人儿，你知道，我是不贪色的，但我也觉得她可爱。

我们厂里的放工时候比她的厂早半个钟头。我们放了工，总坐在五角场那儿茶馆里喝着茶等她。五角场可真够玩儿的。人家把我们的镇叫做小上海。五角场就是小上海的南京路。中间是一片草地，那儿的玩意儿多着哪，有卖解的，瞧西洋镜的；菜馆的对面是影戏院；电车，公共汽车绕着草地驶；到处挤满了人力车，偷空还来两辆汽车，脚踏车；到了三点钟，简直是拼不开的人了，工厂里的工人，走的，坐小车的，成群结队的来，镇末那大学校里的学生们也出来溜圈儿，瞧热闹。大学校里的学生。和我们真有点儿两样。他们里边穿中装的也有，穿西装的也有，但脚上都是一式的黑皮鞋，走起路来，又威武，又神气，可真有意思；他们的眼光真好，我就佩服他们这一件本领，成千成百的女工里边，哪个俏，哪个村，他们一眼就瞧出来，一点儿也不会错。

话说得太远了。我们抽着烟，喝着茶，凑着热闹，听着旁人嘴里的新闻，可真够乐儿哪。镇上的新闻真多，这月里顶哄动人的是黄家阿英嫁给学生的事。阿英，也是镇上的美人儿哪。谁不想吃天鹅肉？后来她和学生勾搭上了，谁不议论她？谁不说她不要脸的？你知道，我们镇上的人。除了几爿小烟纸店，谁不恨学生？学生真是不讲理的，跑出来时，横行直冲，谁也不让。你要冒犯了他，高兴时就瞪你一眼，不高兴时，那还了得，非把你逼到河边去不成。你知道，我们的镇一边是店家，一边是河，河里小船上的江北妇人可真下流，把双臭小脚冲着你，那可要不得。

话又说岔了！我们在茶馆里等着，牛奶西施远远地来了，我们就对汪大哥说牛奶西施来了。他就一个箭步穿出去，凭他这一副好身材，跳跳纵纵地冲开人丛去接她。嗳，那可妙着哩。你知道他们俩怎么样，一辈子也不会给你猜着的！牛奶西施对汪大哥一笑，汪大哥一声不响，接了饭篮，拔步就走。你想，这可不是妙极了！可是，你别当他们不讲话，背了人就说不完哩。当下，我们就悄悄跟着。一路上，沿河那边儿都是做买卖的货摊儿；靠右手那边是店家。在顺泰那儿拐了弯，走过戴春林就冷落了，他们就讲起话来。那可有意思啦。你只不声不响地听着他们，晚上准得做梦的。等他们到了芥克番菜馆。你知道芥克，我们镇上只有这么一家番菜馆，他们到了那儿，牛奶西施就拐进对面那个小胡同里，汪大哥直挺挺地站着，瞧她进了家门。你别以为汪大哥单爱女人，不爱兄弟们哪。汪大哥爱极了牛奶西施，也爱极了我们。等牛奶西施走进了家门，就跟我们有说有笑的一块儿回家。嗳，我要是没底下那家伙的，我也愿意嫁给汪大哥，可真有意思，他比学生们强得多啦。你别瞧他挺着脖子，腆着胸脯，见了女人，头也不歪，眼也不斜，他要一见牛奶西施，就金刚化佛，软了下来。他老盘算着几时挽人去说亲。几时下定，几时担盘，几时过门。他老对我们说："我娶了小玉儿，（他老叫牛奶西施小玉儿的，你知道，她的名字是方雅玉），我们一块儿到山东梁山泊去乐我们的，谁要坐了汽车来我们那儿，他妈的，给他个透明窟窿："他顶恨汽车。五角场茶馆那儿不是有个摆摊儿卖水果的王老儿吗？那天。也是放工时，我们在喝茶，蓦地来了辆汽车把王老儿的水果摊给撞翻了——喝，越来越没理数儿了！你猜巡警怎么样？他不叫坐汽车的赔钱，反而过来把王老儿骂了一顿，说不该挡汽车的路。你说，这不气死人吗？还有一天，恰巧下雨，满街的泥水，汪大哥和牛奶西施在拣着没积水的地方走，后面一辆汽车赶来了，你想，这么滑的路，一不留神，也得来个元宝翻身，还能慌手慌脚吗？他妈的，他哪里管得你这么多，飞似的冲过来，牛奶西施慌了，往旁一躲，一跤跌在水里。把汪大哥气的什么似的。可有什么用？汽车一溜烟似的擦了过去，溅了汪大哥一衣服的泥水。妈的，汽车里那个花花公子，还看着笑！你说，叫汪大哥怎不恨极了汽车？

话又说回来了，大学校对面不是有座大花园吗？你化十个铜子到那儿去坐一下午，包你十二分的舒齐。朋友，你要有空时，我劝你，那儿得去逛回儿，反正一步就到，又化不了多少钱。汪大哥每礼拜六总去的，陪着牛奶西施。喝，那时候汪大哥可漂亮啦，黑哔叽的大褂子，黄皮鞋，白袜，小玉儿也打扮得女学生似的，就是没穿高跟鞋。他俩只差一个头，活像两口儿，真要羡慕死你呢。走罢了出来，在芥克里边吃点儿东西，就到影戏院瞧电影去。嗳？你别以为他们在黑暗里干不正的勾当啊！汪大哥可不是像你那么油头滑脑的小白脸儿，你见了他，就知道他是规矩人。咱们每天过活，坐茶馆，抽纸烟，瞧热闹，听新闻，只一心盼望汪大哥娶了小玉儿，好到山东去上梁山泊，招兵买马，造起"忠义堂"来，多结交几个赤胆忠心的好男儿汉，替天行道，杀尽贪官污吏，赶走洋鬼子——他妈的，洋鬼子，在中国耀武扬威，不干了他们，也枉为英雄好汉了！

我不是说过学生们真瞧不上眼吗？他们就放不过好看些的女人，他妈的，牛奶西施竟给他们看上了。嗳，朋友，你耐心点儿听呵？下文多着哪，让我慢慢儿地讲。是这么一回事。

有一天，我们在茶馆里喝茶，不知是谁提起了上梁山，说还少一个公孙胜。智多星，你知道的，那个矮子老陈，你别瞧他人矮，心却细着呢，看他，小小的蛤蟆眼儿，满肚子良计奇谋，谁赛得过他——他说，那个卖卦的峨嵋山人，真灵，简直灵极了，说不定还会呼风唤雨，移山倒海，全套儿神仙的本领都有的，这公孙胜是请定的了。我们刚说着，汪大哥霍地站了起来，原来小玉儿来了；妈的，四个学生跟着她。嗳？我说起学生就气愤；哪里是学生，叫畜生倒配着多呢！靠老子有几个臭钱，不好好儿念书，倒来做他妈的孽。小玉儿真不错，头也不回，尽自走她的。到了我们面前，我看她脸也白了，气也急了。妈的，四个男子赶一个女孩儿家，好不要脸。我狠狠地瞪他们，换了别人，我就给他个锅贴；他们却给我个不理睬，象犯不上跟我较量似的。妈的，瞧不起我？你有钱，神气不到我的身上。狗眼瞧人低！等着，看老子的，总有这么一天，汪大哥带了兄弟们给逼上了梁山，坐起虎皮椅，点我带十万大兵来打上海，老子不宰了你的。汪大哥倒没理会。第二天，我留着神，他们没来，这颗心才放下了。我想，饶是牛奶西施有数儿，心里明白。这么捱下去，总不是道儿；我催汪大哥早些娶了压寨夫人，咱们也好动身了，现在是四月，到了山东整顿一番，该是七月了，秋高气爽，正好办我们的大事，汪大哥也说好，就挽人说媒，那边也答应了。真的，我们那天晚上，整夜的睡不着呢。可是，妈的，学生又来了。还是那四个。那天恰巧厂里发工钱，我们正在茶馆里抽"美丽牌"。我说，"美丽牌"真不够味儿，两支抵不上"金鼠牌"一支；听说学生们抽"白锡包"，要四毛钱一包，那天他们没抽，在外边吃水果，我们等着。他们也等着，就站在茶馆外的阶沿上。妈的。那样儿还不是在等小玉儿。你瞧，他们老看着影戏院顶上那个大钟。里边有一个说："我知道，她准是六点半来，现在只是六点二十分呢。"还有一个——妈的，你知道他怎么说？他说："她那小模样儿真可爱！虽则不十分好看，可真有意思，知道有人跟着，急急忙忙，又害怕，又害羞，——阿，真不错，你说对吗？可是伴她回家的梢长犬汉，那个又粗又陋的，不知道是她的谁。"妈的，我讨厌极了。汪大哥又粗又陋？谁象你那么涂雪花膏，司丹康，相公似的？别臭美了！别瞧我一脸大麻子，要也像你那么打扮起来，还不是个小白脸儿？我故意过去，咳的一声，像要吐痰似的，叫他们让开些儿别惹我嫌。他眼珠儿一翻，正眼也不觑你一下。我真气极了，但也没法，只得把口痰缩了回去。我走回去，闷闷地坐着，心里想，回头老子打到上海，看你再大爷气。

那天汪大哥给小玉儿在戴春林买了双丝袜，小玉儿喜欢得什么似的，跑出来时，那几个相公还等在门口，妈的，还想勾。搭女孩儿家，给我当兔子倒不错哩。汪大哥和小玉儿拐进了小胡同、转几个弯溜了，他们也跟进去，哈，那可痛快啦，他们摸不着出路，在里边儿绕圈儿，妈的，我理他呢，走我的。到了家里，觉得有点儿冷，也没在意，谁知道到了明天早晨，竟起不来了，火天火地的发烧。古话真不错，英雄难过美人关，好汉单怕病魔缠；接连几天，昏天黑地地躺在床上，穿山虎似的汉子，竟给生生的磨倒了。过了几天——大概是四天吧，拼命三郎来望我，我也没让他坐。他说："哈，黑旋风，饶你这一副铜皮铁骨，也只剩得一双乌溜溜的眼儿，不怪小玉儿会跟学生们眉来眼去哩。"

"什么话，"我跳了起来。"汪大哥瞎了眼吗？"妈的，我支持不住，又倒了下去。

"好个急性儿，话没完就跳了起来！——"

"你说，你说！"我当时愤火中烧，要没有病在身上，早窜出去，宰了那阎婆惜。他妈的小玉儿，汪大哥待她这么好，她敢这么起来。

"汪大哥不知道这回事，他到邹家桥去了，有点儿小事得过几天才回——"

"嗳，你了当点儿讲，行吗？这么件大事，支支吾吾的没结没完，他妈的。你再这么说下去，我没病也得闷出来。"

"这几天，学生们每天来等着小玉儿，昨天，汪大哥走了，学生们拿桔子皮扔她。你知道她怎么样？嘻，他妈的！她回头对他们一笑；一个穿西装，瘦长条儿的，眯着眼儿，哈着背儿赶上去和她并肩走。她只低着头，好像很高兴似的。我想上去，还有三个挡住了我，我往左，他们也往左，往右。也跟着往右，又不能冲上去，谁知道小玉儿跟那学生讲什么呢——"

"反了！这还了得！"我挣扎着起来，走不上两步，妈的，腿一软，就坐在地上，真气人，两条腿不是我的了！谁不知道我旋风似的两条腿，妈的，竟这么不中用。

"别性急，汪大哥还蒙在鼓里，我们要是杀了小玉儿，你知道，她是他的性命，万一他不信我们的话，反起脸来，大家没-意思。我说，还是等他回了再讲。"

我想这话也不错，但小玉儿那狐精可太不识抬举了，不给她尝点味儿，还成世界吗？那天我们商量了一下午，还是没法儿，非得等汪大哥回来才成。这可把我闷死了。汪大哥，他老不来；我的病也好了，又是三碗一餐的吃得牛似的。可是，妈的，还是生病，没病又得受气。我第一天高高兴兴的放工回来，走过王老儿那儿，他拦住了我，劈头就是混帐话，他说：

"黑旋风，你汪大哥给人家沾了光了，你不知道吗，牛奶西旋给一个瘦长条子的学生勾上手哩，你还没事人似的。我老了不中用，要还像你那么水牛似的时，早就一脚踢倒那学生，一拳干了牛奶西施啦……"

他话没说完，我已火冒头顶，虽则明知道他没撒谎，可是不该当着众人出汪大哥的丑。谁没听见这话？我手起一掌，给他个锅贴，叫他半天喘不上气，一面骂道：

"你妈的王八羔子！汪大哥响巴巴的角色，会着了人家的遭儿吗！小玉儿不是你的娘，一把子年纪，不去躺棺材，倒打扮的老妖怪似的出来迷人。咱黑旋风看你没多久活了，才给你瞧个脸儿，你妈的老蚰蜒，小船不宜重载，吃了饭没事做，来替汪王大哥造故事吗？痨病鬼似的，也禁不得咱一拳，竟敢不知自量，来太岁头上动土！老王八——"我转过身向劝打架的人们道："诸位老乡，不是我欺他，这老

蚰蜒，今天无事生非，本该要他老命的，看诸位面上，饶他一次，下回——"

"我好意对你说，你怎开口就骂，动手就打，我老头儿拼不过你，是男儿汉别挑没用的欺。"

"你妈的老蚰蜒，活得不耐烦了吗——"

"谁没瞧见，牛奶西施今天跟一个学生坐十路公共汽车到上海去？有本领的等他回来搂她——"

"你妈的老王八羔子，咱今天不搂断你的老骨，也枉为黑旋风了！瞧我的！"我跳上去提起拳就搋，却给劝打架的拦住了。

"好。好！鸡不与狗斗，咱不与你斗。我走！我让你！"老头儿嘴虽强，心里却怯，回身就走。

我回头一想。有点儿后悔起来，我这么年轻力强的汉子，不该欺老头儿。可是，管他呢，打也打了，有什么法子。走我的。恰巧兄弟们也来了，智多星把我扯进了茶馆。我就对他们说：

"真是的！知人知面不知心，谁知道小玉儿这么没良心。竟上了那瘦长条子的学生的手了！你们说，这事怎么办？石秀说，等汪大哥回来再说——嗳，还有哪，王老儿说今天小玉儿跟学生一同到上海去了……妈的，依我的性儿，早就宰了她，那不要脸的小淫妇，阎婆惜。学生不过干了几个臭钱，有什么稀罕的；谁知道他的来路是不是清白的，他妈的，也许他老子是贪官污吏，

打百姓那儿刮来的呢……什么？啊？小玉儿不做工了吗？念书去了？哼！他妈的，还有王法吗？咱黑旋风不宰了她，也不再活在世上了！”

“早没事，晚没事，偏偏小玉儿出了岔子，汪大哥有事下乡去了，叫咱们睁着眼替他受气。他还蒙在鼓里，嗳！”拼命三郎说。

“你刚才不是说小玉儿跟学生到上海去了吗？我们且坐在这儿等她，看她有什么脸见我们。”智多星说。

对啦！究竟是智多星，他的法子别人是想不到的。等她妈的阎婆来了，我就上去拦住她。跟她评评理，看她怎么样。她要是白理数儿的，我黑旋风就饶了她；她要不知好歹，先给她顿下马威，等汪大哥回了，再叫她知道咱们是不是好欺的。当下，我两只眼瞪得圆圆的单留神着公共汽车站那儿。

那时，真热闹极了，人从四面八方的涌来，到了五角场的中央，简直瞧得头晕——一堆一堆，一排一排，一个一个的你挨着我，我挤着你。你瞧，长个儿的中间夹着小个儿的，小个儿的后边儿钉着女工，他妈的，这么多的人，百忙里还钻出个江北小孩儿来。好像要挤在一块儿成个馂馂儿似的。也不知怎么股劲儿没挤上。我正看得眼花，公共汽车吧吧的从角上钻了出来，吱的在草场前停下。我赶紧留着神看，可是他妈的，黄包车排阵似的攒在公共汽车的后边儿，江北人把跳下来的坐客挡得一个也看不见。他妈的，江北人真下流。不要脸的。五角场里，有的往东，有的往西，有的往南，有的往北。穿龙灯似的，擦过来，挨过去，一不留神，你踹了我的足尖，我踏了你的后跟，他碰坏了她的髻儿，她撞了他一个满怀。你知道，在那儿找人是不容易的，我又没生就的神眼，怎么找得着。公共汽车里的人也空了，我找来找去找不着小玉儿。我不由气起来，他妈的，智多星说，也许她不是这辆车来的。我只得等着。你猜她什么时候才来？嗳！他妈的，在上海看影戏！我知道上海的影戏院得五点半才散；她到六点半才来，我整整地等了她一个钟头。已上了灯，她来了。哼，妈的，我不认识哩。穿着高跟鞋，我也不知道她怎么穿上的，叫我穿了就得一步三交。还有呢，雪白的真丝袜，我认识，这还是汪大哥的，妈的，她有了丝袜就爱汪大哥，见了高跟鞋就跟学生——女人真不成东西，简直可以买的。我一见了她，就跳出去，迎上去拦住她，气呼呼地骂她：——

“你？不要脸的——阎婆惜！迷上了一个学生，也值得这么神气吗？别臭美了！老子就瞧不起你！汪大哥有什么亏待你的？你——妈的，你竟敢给畜生骗了去？啊？"

"喂？说话放清楚点儿。"那个畜生神气十足的——呸，老子怕你？

"你生眼儿吗？老子要跟你讲话，那真辱没了我哩。……嗳，小玉儿，咱今天非得和你评评理。你当汪大哥没在这儿，就能让你无法无天吗？还有我黑髭风啦；给我少做点儿梦吧。今天你不还我个理数儿——哼，瞧我的！"

"嗳，你这人真是！我干你什么事，要你这么气呼呼的。你的汪大哥又不是我的爹，他管得了我？咿，算了吧。"哈，他妈的，装得那娇模样儿。

"嘻！回家找你爹卖俏去，咱可用不着你。咱顶天立地的男儿汉。不是畜生，不会看上你这狐媚子的。"

"放屁，什么话！你今天挑着了我来欺，是吗？我没空儿来跟你争理数儿。让我走！"

"喂，你这家伙，拦住了一个女孩儿家打算怎么样？Ladyfirst！你知道吗？快让开。"

"妈的，假洋鬼子，别打你的鬼话了，老子没理你。我就不让，不让定了，看你怎么样。"

不要脸的，叫巡警了。我不怕他，我也不怕巡警，可是我怕坐牢监，你知道，坐了牢监是不准到外边儿来玩的，这可闷死我。英雄不吃眼前亏，我只得走开，看他们俩这个傍着那个，蹬蹬督督的走去，嘻，我竟会哭了。汪大哥一世英雄，却叫小玉儿给算计了去哩！喝！可是，咱是男儿汉；等着瞧吧，瞧黑旋风的。当下我抹干了眼泪，到茶馆里叫了弟兄们回去。只等汪大哥回来。汪大哥直到礼拜六才回来，咱差点儿要上邹家桥找他去了。我瞧见了他，开心的什么似的，我黑旋风得出闷气了，我也不等他开口，立刻把小玉儿的事全说给他听，一心盘算着他听了，一跳三丈高，就和我去宰了她，叫了兄弟们一起走他妈的，把峨嵋山人也请了去。谁知道，他反说：——

"你们别合伙儿的骗我，你们以为小玉儿碍了上梁山的日期，想骗我扔了她吗？嘻，我没那么傻！我顶知道小玉儿的，她决不会负我，我信得过她。你瞧，我这么的。还会给人家占了便宜去吗？嘻！"

我给他气得一个字也说不出。你说，这不气人吗？拼命三郎说得真对，我们要早点儿干了小玉儿，汪大哥这脸是反定了的。我也不跟他争，我知道今天小玉儿又要到上海去的。我捉住了奸夫淫妇给他看，瞧他还有什么话说。

那天五点钟我和兄弟们伴着他在茶馆等。有许多人见汪大哥回来了，知道这事闹大了：学生不是好惹，汪大哥也不是好欺的，都赶来瞧把戏。这回，五角场可热闹啦！大家都等着想瞧宋江杀阎婆惜，在角儿上站着等。我也揎上了袖管儿，预备帮场。可是，妈的，智多星那矮子又说伤气话了，他说——

"你们打算宰小玉儿吗？嘻，你想，天下事没这么容易哪。你知道，学生们是不讲理的，他们有汽车，撞翻了水果摊，巡警还骂王老儿活该。他们有钱，可以造洋房。风火墙，大铁门，不是现成的山海关吗？你有力气，有备性，只能造草棚，一把火，值什么的？他们买得起高跟鞋儿，汪大哥只能买丝袜；他们抽白锡包，汪大哥只能抽金鼠牌；他们穿绸的缎的，我们穿蓝布大褂；他稀罕的。汪大哥是小白脸儿吗？汪大哥是有钱的吗？嗳！你想！"

他的话倒不错，真是智多星。我方才知道女人是要穿丝袜，高跟鞋儿，住洋房，坐汽车，看电影，逛公园，吃大餐的。这一来，谁也没得说了。可是小玉儿就这么放她过去了不成？

"不，不成！我黑旋风不甘心！你们怕学生，放得过小玉儿；我可不怕，我就放不过她。"我捶了下桌子，嚷着。

话没说完，公共汽车来了；我们九个人，十八支眼儿定定地瞧着。果然，她妈的来了！不要脸的，这么多的人，她竟挽着那学生的臂儿，装得那浪模样。

"汪大哥，你瞧！还有什么说的。"

"啊！"他怔住了，只一个箭步跳了出去，拦住了他们。"小玉儿！"

日里没做亏心事，夜半敲门不吃惊：这话倒不错的。小玉儿见横觑里来了汪大哥，给吓得一呆。瞧热闹的全围上来瞧热闹。我分开了密密的人走进去，兄弟们也跟了进来；我乐极了，我说：

"小玉儿你今天怎么说，汪大哥回来了。"

"小玉儿！我哪儿亏待了你？他不过有几个臭钱！我怎么供养着你来的？你竟——啊，不要脸的！"

她妈的正眼也不瞧一下汪大哥，拔脚想走了。

"不成！"我拦住他们。"汪大哥，你是男儿汉，这脸儿撕得下吗？你不打，我要打啦！我黑旋风是天不怕，地不怕的，给巡警抓了去，顶多脑袋上吃一枪，反正再过一十八年又是一条好汉。”

好！汪大哥真是好汉！他提起了斗大的拳头，向小玉儿喝道：“小玉儿，咱汪国勋活了二十多年，没吃过人家的亏，今天也饶不了你！”

那畜生挺身出来，想拦住汪大哥。

“来得好！”我碰的一拳，正打在他的鼻梁上，他痛的蹲了下去。我提起又是一腿，把他踢倒了，回过头来看汪大哥，只见他提着拳怔住了。小玉儿站在他面前，哭着，妈的，迷住了汪大哥。我赶过去，一把扯开了汪大哥，只一拳，小玉儿倒了下去。看的人都嚷闹出人命来了。巡警也来了，一把抓住我的胸襟。

“妈的，无法无天的囚徒！你打人？”他给我两个耳刮子。我只一挣，挣脱了，提起手想打，背上着一下；又来了一个巡警，捉住我的两条胳膊。

“妈的，走！”

这牢监坐定了！我就再提起一脚踢在小玉儿的腰眼上，只见汪大哥怔在一旁。妈的，英雄难过美人关：真是的！

“汪大哥，我没要紧的，你们快去，到了山东，再来——”我话没说完，巡警把我推走了，我只听得汪大哥在后边喊：“老牛……老牛……”

我给捉到局里，差点儿给打个半死，整整地坐了三月牢，到今天才给放出来。一打听，知道汪大哥已带了兄弟们走了，到这儿来一看，果然，峨嵋山人也不在了。可是奸夫淫妇没死，还活着呢。我本想再去找他们的，后来一想，英雄不吃眼前亏，到了山东再说——你说，是吗？你别瞧我杀人不眨眼，我也有点儿小精细哩。好，我要走了，回头我带兵来打上海时，说不定……哼……

1929 年 9 月 24 日

咱们的世界

先生，既然你这么关心咱们穷人，我就跟你说开了吧。咱们的事你不用管，咱们自己能管，咱们自有咱们自家儿的世界。

不说别的就拿我来讲吧。哈哈，先生，咱们谈了半天，你还不知道我的姓名呢！打开鼻子说亮话，不瞒你，我坐不改名行不隐姓，就是有名的海盗李二爷。自幼儿我也念过几年书。在学校里拿稳的头三名，谁不说我有出息，是个好孩子。可是念书只有富人才念得起，木匠的儿子只合做木匠——先生，你知道，穷人一辈子是穷人，怎么也不能多钱的，钱都给富人拿去啦！我的祖父是打铁度日的。父亲是木匠，传到我，也只是个穷人。念书也要钱，你功课好吗，学校里可管不了你这许多，没钱就不能让你白念。那年我拿不出钱，就叫学校给撵出来啦。祸不单行，老天就爱折磨咱们穷人：就是那年，我还只十三岁，我的爸和妈全害急病死啦。阿！死得真冤枉！没钱，请不起医生，只得睁着眼瞧他老人家躺在床上，肚子痛的只打滚。不上两天，我的妈死了，我的爸也活不成了。他跟我说，好孩子，别哭；男儿汉不能哭的。我以后就从没哭过，从没要别人可怜过——可怜，我那么的男儿汉能要别人可怜吗？他又叫我记着，我们一家都是害在钱的手里的，我大了得替他老人家报仇。他话还没完，人可不中用啦。喔，先生，你瞧，我的妈和爸就是这么死的！医生就替有钱人看病，喝，咱们没钱的是牛马，死了不算一回事，多死一个也好少点儿麻烦！先生，我从那时起就恨极了钱，恨极了有钱人。

以后我就跟着舅父卖报过活。每天早上跟着他在街上一劲儿嚷："申报，

新闻报，民国日报，时事新报，晶报，金刚钻报……"一边喊一边偷闲瞧画
报里的美人儿；有人来跟我买报，我一手递报给他，心里边儿就骂他。下午
就在街上溜圈儿，舅父也不管我。阿，那时我可真爱街上铺子里摆着的糖呀，
小手枪呀，小汽车呀，蛋糕呀，可是，想买，没钱，想偷，又怕那高个儿的
大巡捕；没法儿，只得在外边站着瞧。看人家穿得花蝴蝶似的跑来，大把儿
的抓来吃，大把儿的拿出钱来买，可真气不过。我就和别的穷孩子们合群打
伙的跟他寻错缝子，故意过去拦住他，不让走，趁势儿顺手牵羊抓摸点儿东
西吃。直等他拦不住受冤屈，真的急了，撇了酥儿啦，才放他走——啊，真
快意哪！有时咱们躲在胡同里边儿拿石子扔汽车。咱们恨极了汽车！妈的，
好好儿的在街上走，汽车就猛狐丁的赶来也不问你来不来得及让，反正撞死
了穷孩子，就算辗死条狗！就是让得快，也得挨一声，"狗入的没娘崽！"

　　我就这么这儿跑到那儿，那儿跑到这儿，野马似的逛到了二十岁，结识
了老蒋，就是他带我去跑海走黑道儿的。他是我们的"二当家"——你不明
白了哇，"二当家"就是二头领：你猜我怎么认识他的？嘻，真够乐的！那天
我在那儿等电车，有一位拉车的拉着空车跑过，见我在站着等，就对我说：
"朋友，坐我的车哇，我不要你给钱。"

　　"怎么可以白坐你的车？"

　　"空车不能穿南京路；要绕远道儿走，准赶不上交班，咱们都是穷人，彼
此沾点儿光，你帮我交班，我帮你回去，不好吗？"

　　"成！"我就坐了上去。

　　他把我拉了一程，就放下来。我跳下来刚想拔步走，他却扯住我要钱。
他妈的，讹老李的钱，那小子可真活得不耐烦哩！我刚想打他，老蒋来了，
他劝住了我们，给了那小子几个钱，说：

　　"都是自家兄弟，有话好说，别伤了情面，叫有钱的笑话。"

　　我看这小子慷慨，就跟他谈开了。越谈越投机，就此做了好朋友。那
时，我已长成这么条好汉啦。两条铁也似的胳膊，一身好骨架！认识我的谁
不夸一声："好家伙，成的。"可是，不知怎么的，像我那么的顶天立地男儿
汉也会爱起女人来啦，见了女人就像蚊子见血似的。我不十分爱像我们那么
穷的女人，妈的，一双手又粗又大，一张大嘴，两条粗眉，一对鲇鱼脚，走
起道儿来一撇一撇的，再搭着生得干巴巴的，丑八怪似的——我真不明白她

们会不是男人假装的！我顶爱那种穿着小高跟儿皮鞋的；铄亮的丝袜子，怪合式的旗袍，那么红润的嘴，那么蓬松的发，嫩脸蛋子象挤得出水来似的，是那种娘儿。那才是女人哇！我老跟在她们后边走，尽跟着，瞧着她们的背影——阿，我真想咬她们一口呢！可是，那种娘儿就爱穿西装的小子。他妈的，老是两口儿在一起！我真想捏死他呢！他不过多几个钱，有什么强似我的？

有一天我跟老蒋在先施公司门口溜达，我一不留神，践在一个小子脚上。我一眼瞧见他穿了西装就不高兴，再搭着还有个小狐媚子站在他身旁，臂儿挽着臂儿的，我就存心跟他闹一下，冲着他一瞪眼。妈的，那小子也冲着我一瞪眼，开口就没好话："走路生不生眼儿吗？"他要客气点儿，说一声对不起，我倒也罢了，谁知他还那么说。

"你这小兔崽子，大爷生不生眼没你的事！"

妈的，他身旁那个小娼妇真气人！她妈的！你知道她怎么样？她从眼犄角儿上溜了我一下，跟那小子说："理他呢，那种不讲理的粗人！"那小子从鼻孔里笑一下，提起腿，在皮鞋上拿手帕那么拍这么拍的拍了半天，才站直了，走了。我正没好气，他还对那个小狐媚子说："那种人牛似的，没钱还那么凶横！有了钱不知要怎么个样儿哩……"妈的，透着你有钱！可神气不到老子身上！有钱又怎么啦？我火冒三丈跳上去想给他这么一拳，碰巧他一脚跨上汽车，飞似的走了。喝，他乘着汽车走了！妈的那汽车！总有这么一天，老子不打完了你的？我捏着拳头，瞪着眼怔在那儿，气极了，就想杀几个人。恰巧有一个商人模样的凸着大肚皮过来，阿，那脖梗儿上的肥肉！我真想咬一块下来呢！要不是老蒋把我拉走了，真的，我什么也干出来啦。

"老蒋；你瞧，咱们穷人简直的不是人！有钱的住洋房，坐汽车，吃大餐。穿西装，咱们要想分口饭吃也不能！洋房，汽车，大餐，西装，哪一样不是咱们的手造的，做的？他妈的，咱们的血汗却白让他们享受！还瞧不起咱们！咱们就不是人？老天他妈的真偏心！"我那时真气，一气儿说了这许多。

"走哇。这儿不是说话的地方儿。"他拉着我转弯抹角的到了一家小茶馆才猛狐丁地站住，进去坐下了，跟跑堂儿的要壶淡的，就拿烟来抽，一边跟我说道："兄弟，你还没明白事儿哩！这世界吗，本是没理儿的，有钱才能活，可是有力气的也能活——他们有钱，咱们凭这一身儿铜皮铁骨就不能抢他们的吗？你没钱还想做好百姓可没你活的！他们凭财神，咱们凭本领，还不成吗？有住的大家住，有吃的大家吃，有穿的大家穿，有玩的大家玩，谁是长三只眼，两张嘴的——都是一样的，谁也不能叫谁垫踹窝儿。"

"对啦！"老蒋的话真中听。都是一样的，谁又强似谁，有钱的要活，咱们没钱的也要活。先生，你说这话可对？那天我跟他直谈到上灯才散。回来一想，他这话越想越不错。卖报的一辈子没出息。做好百姓就不能活——妈的，做强盗去！人家抢咱们的，咱们也抢人家的！难道我就这么一辈子听人家宰割不成。可是这么空口说白话的，还不是白饶吗？第二天我就到老蒋那儿去，跟他商量还上青龙山去，还是到太湖去。他听了我的话，想了一会儿道："得，你入了咱们这一伙吧。"

"什么？你们这一伙？你几时说过你是做强盗的来着？"我真猜不到他是走黑道儿的，还是那有名的黑太爷。当下他跟我说明了他就是黑太爷，我还是半信半疑的，恰巧那时有个人来找他，见我在那儿，就问："'二当家'，他可是'行家'？"他说："不相干，你'卖个明的'吧。"他才说："我探听得后天那条'进阎罗口'的'大元宝船儿'有徐委员的夫人在内，咱们可以发一笔大财，乐这么一二个月啦。"

"那么，你快去通知'小兄弟们'，叫明儿来领'伙计'。咱们后天准'起盘儿'；给'大当家'透个消息，叫他在'死人洋'接'财神'。"

他说完，那人立刻就走。我瞧老蒋两条眉好浓，黑脸蛋上全不见一点肉，下巴颏儿上满生着挺硬的小胡髭儿，是有点儿英雄气概，越看越信他是黑太爷了。我正愣磕磕地在端详他，他蓦地一把抓住我，说道："你愿不愿意加入咱们这一伙？"我说："自然哇！"他浓眉一挺，两只眼儿盯住我的脸道："既然你愿意加入咱们这一伙，有句话你得记着。咱们跑海走黑道儿的，有福同享，有祸同当；靠的是义气，凭的是良心，你现在闯了进来，以后就不能飞出去。你要违犯一点儿的话，就得值价点儿，自己往肚子上撅几个窟窿再来相见！还有，咱们跑海走黑道儿的平时都是兄弟，有事时，我就是'二当家'，你就是'小兄弟'，我要你怎么你就得怎么。这几条你能依不能依？"

我一劲儿地说能。

"大丈夫话只一句，以后不准反悔。"（你瞧，咱们的法律多严，可是多公平！）"后天有条船出口去，到那天你一早就来，现在走吧，我还要干正经的。"

那天回去，我可真乐的百吗儿似的啦。舅父问我有什么乐的，我瞒了个风雨不透，一点儿也不让他知道；我存心扔下他，反正他老人家自己能过活，用不到我养老。阿，第二天下午，老李可威风哪！腆着胸脯儿，挺着脖梗儿，凸着肚皮儿，怒眉横目的在街上直愣愣地东撞西撞。见了穿西装的小子就瞪他一眼。妈的，回头叫他认识姓李的！听见汽车的喇叭在后边儿一劲儿的催，就故意不让。妈的，神气什么的，你？道儿是大家的，大家能走，干吗要让你？有本领的来碰倒老李！见了小狐媚子就故意挤她一下。哼，你敢出大气儿冲撞咱，回头不捣穿了你的也不算好汉！见了洋房就想烧，见了巡捕就想打，见了鬼子就想宰！可是，这一下午也够我受的。那太阳像故意跟我别扭似的，要它早点下去，它偏不下去。好容易耐到第三天，一清早，舅父他老人家还睡得挺有味儿的；我铺盖卷儿什么的一样也不带，光身走我的。到了老蒋那儿，他才起身。我坐下了，等他洗完了脸。他吩咐我说："初上船的时候，只装作谁也不认识谁，留神点儿，别露盘儿哪。"我满口答应。他又从铺盖卷儿里拿出两张船票来，招呼我走了。到街上山东馆子里吃了几个饽饽，就坐小汽船到了大船上。好大的船哇！就像大洋房似的，小山似的站在水上。那么多的窗，像蜜蜂窝儿似的挤着，也不知怎么股劲儿会没挤在一块儿。和我们同船来的都往大船上舱里跑，我也想跟着跑，老蒋却把我扯走了，往下面走，到了四等舱里。妈的，原来船上也是这么的，有钱的才能住好地方儿！

到了舱里，老蒋只装作没认识我。我只能独自个儿东张西望。晌午时，我听得外边一阵大铁链响，没多久，船就动啦。哈，走了，到咱们的世界去了！我心里边儿那小鹿儿尽欢蹦乱跳，想和老蒋讲，回头一想，我没认识他，知道他是生张熟李，只得故意过去问他借个火，就尊姓大名的谈开了。我才知道这船上有五十多个"行家"：头等舱十五个；二等舱十六个；五个是管机器的；三等舱有十三个；四等舱八个。嘻，我乐开啦。

在四等舱里的全是没钱的，象货似的堆在一起，也没窗，只两个圆洞，晚上就七横八竖的躺在地上，往左挪挪手，说不定会给人家个嘴巴，往右搬搬腿，说不定就会踹在人家肚皮上。外面那波浪好凶，轰！轰的把身子一会儿给抬起来。一会儿又掉下去。妈的，我怎么也睡不着。喝，咱们没钱的到处受冤屈，船上也是这么的！难道我们不是人吗？我真不信。在船上住了没多久，那气人的事儿越来越多啦。二等舱咱们不准去。咱们上甲板在溜达时，随他们高兴可以拿咱们打哈哈。据说他们吃的是大餐，另外有吃饭的地方儿；睡的是钢丝床，两个人住一间房。你看，多舒服！和咱们一比，真差得远哪。

有一天，我正靠着船栏，在甲板上看海水。先生，那海水真够玩儿哇！那么大的波浪一劲儿的往船上撞，哗啦哗啦地再往后涌，那浪尖儿上就开上数不清的珠花儿。那远处就像小金蛇似的，一条条在那儿打游飞。可是，妈的，这世界真是专靠气力的。你瞧，那大浪花欺小浪花不中用，就一劲儿赶着它，往它身上压。那太阳还站在上面笑！我想找件东西扔那大浪花，一回身却见一对男女正向我走来，也是中国人。那个男的是高挑身儿的，也穿着西装，瞧着就不对眼。那个女的只穿着这么薄的一件衣服，下面只这么长，刚压住磕膝盖儿，上面那胸脯儿露着点儿，那双小高跟鞋儿在地上这么一踩一踩的，身子这么一扭一扭地走来。我也不想扔那大浪花儿了，只冲着她愣磕磕地尽瞧。那个男的见了我，上下打量了一会儿，跟那个女的说了一阵，就走到我的身边来啦。那个女的好像不愿意似的，从眼犄角儿上溜了我一下，就小眼皮儿一搭拉，小嘴儿一撇，那小脸儿绷的就比贴紧了的笛膜儿还紧，仰着头儿往旁边看。我想她到我跟前来干什么，喝，来露露她的高贵！妈的，不要脸的，一吊钱睡一夜的，小娼妇！到老子跟前来摆你的臭架子？多咱老子叫你跪在跟前喊爹！你那么的小娼妇子，只要有钱，要多少就多少，要怎样的就怎样的。高贵什么的！多咱叫你瞧老李不出钱抢你过来，不捣得你半死？看你妈的还高贵不高贵？我才想走开，那个男的却上来跟我说话了。他问我叫什么。我瞧这小子倒透着有点儿怪，就回他我叫李二。

"李二！"他也学一声，拿出烟来也不请我抽，自己含了一枝，妈的瞧他多大爷气！象问口供似的先抽了一口，问道："朋友，你是做工的吧？"

"不做工！"我也不给他好嘴脸瞧。

"那么，朋友，你是干什么的？"

"不干什么！"我看着他那样儿更没好气。

"朋友，那么你靠什么过活？"

"不靠天地，不靠爹娘，就靠自家儿这一身铜皮铁骨！"

他瞧了我一眼，又说："朋友，既然你生得一身铜皮铁骨，干吗不做工呢？"咱们牛马似的做，给你们享现成的，是吗？"不用你管！"我瞪他一眼。

"朋友！"那小子真不知趣，他妈的冬瓜茄子，陈谷子烂芝麻的闹了这一咕噜串儿，还不够，还朋友朋友的累赘。有钱的压根儿就没一个够朋友的，我还不明白你？我就拦住他的话，大气儿的道："滚你妈的，老子没空儿跟你打哈哈解闷儿。朋友朋友的，谁又跟你讲交情！"他给我喝得怔在那边儿。妈的，女人就没一个好的，尖酸刻毒，比有钱的男人更坏上百倍。那个小娼妇含着半截笑劲儿道；"好哇，才拿起大蒲扇来，就轮圆里碰、了个大钉子！你爱和那种粗人讲话，现在可得了报应哩，嘻！"

"走吧，算我倒霉。那种人真是又可怜又可惜，不识好歹的，我满怀好心变恶意。"

妈的，还不是那一套？又可怜又可惜！那份好意我可不敢领！我稀罕你的慈悲？笑话！我看着他们两口咯噔咯噔的走去，心里边儿像热油在飞溅，那股子火简直要冒穿脑盖。要不怕坏了大事，我早就抓住他，提到栏外去扔那大浪花儿了。喝，有我的，到了"死人洋"总有我的！那天晚上，我想到了"死人洋"怎么摆布那小子，可是，不知怎的，想着想着竟想到那小娼妇啦。瞧人家全躺得挺酣的，就是我老睁着眼。那小狐媚子尽在跟前缠，怎么也扔不开。嗳，幸亏这四等舱里没女人，要不然，我什么也干了出来啦。胡乱睡了一回，蓦地醒来，见那边圆筒里有点白光透进来了，就一翻身跳起来，跑到甲板上去，太阳才露了半个脸袋呢。没一个人，只几个水手在那儿，还有"无常"——你不明白了哇！我跟你"卖个明的"吧，"无常"就是护船的洋兵。我也不明白怎么的，独个儿在甲板上溜达着，望着那楼梯，像在等着什么似的。直等了好久，才见三等舱有人出来散步。我正在不耐烦，那楼梯上来了小高跟鞋儿的声儿，我赶忙一回头——妈的，你猜是谁？是个又干又皱的小老婆儿！我一气就往舱里奔，老蒋刚起来。他问我怎么了，我全说给他听。"别忙，"他就说，"到了'死人洋'有你乐的。"我问，还有多久，再要十天八天，我可等不住啦。他说，后天这早晚就到。我可又高兴起来啦，跳起来就往外跑，到了船头那儿，那小狐媚子和那高挑身儿的小子正在那儿指着海水说笑。阿，古话说："英雄爱美人，美人爱英雄！"这句话不知是哪个王八羔子瞎编的！压根儿就没那么回事。我老李这么条英雄好汉就没人爱！小狐媚子就爱小白脸儿，爱大洋钱儿，就不爱我这的男儿汉！喝，到了"死人洋"可不由你不爱我哩。当下，我心里说："走，过了明儿可有你乐的！"可是一瞧见她的胖小腿儿，可生了根哩，怎么也走不开。我瞧着，瞧着。不知怎么股劲儿竟想冲上去跟她妈的小狐媚子要个嘴儿哩。我正在发疯似的恶向胆边生，一听见后边那枪托在大皮鞋跟儿上碰。知道是"无常"来啦，只得把心头火按下去：那"无常"还狠狠地钉了我几眼，嘴里咕噜着，我也不懂他讲的什么。妈的，那"无常"就替有钱人做看门狗！到后天不先宰了你的。我心里老想过了明儿就是后天啦，后天可老不来。好容易挨到了！我一早起就到外边去看"死人洋"是怎么个样儿的——"耳闻不如目见"，这话真不错的。我起初以为"死人洋"不知是怎的凶险，那浪花儿起码一涌三丈高，谁知道也不过是那么一眼望去，望不到边的大海洋。可是，管他呢，反正今天有我乐的。"无常"老盯着我看，我就瞪他一眼，嘴唇儿一撇。认识老子吗？看什么的？看清楚了今天要送你回老家去就是老子！我可真高兴。老赶着老蒋问："可以，'放盘儿'了吗？"他总说："留神点儿。别'露了盘儿'哪！到时候我自会通知你，你别忙。"没法儿！等！左等右等，越等越没动静了。吃了晚饭，老蒋索性睡了；看看别的"行家"，早在那儿打呼噜哩，嘻，那可把老李闹碍攒了迷儿啦！睡！老李不是不会睡！老李睡起来能睡这么一两天！天塌下来也不与我相干！我一纳头闷闷地躺下，不一会儿就睡熟了。我正睡得够味儿，有人把我这么一推。我连忙醒过来，先坐起来，再睁眼一瞧，正是老蒋，"行家"也全起来啦。我一怔，老蒋却拉着我悄悄地说：

"老李，今儿是你'开山'的日子，咱们跑海走黑道儿的规矩，要入伙先得杀一个有钱的贵人，这把'伙计'你拿去，到头等舱去找一个'肥羊'宰了就成。"他说着给了我一把勃郎林。阿，那时我真乐得一跳三丈高啦！老蒋当先，咱们合伙儿的到了外面，留个人守在门口！老蒋跑到船头上打了个吻哨，只听得上面也是这个吻哨。接着"嘭"的一声枪响，喔，楼梯上一个"无常"倒栽了下来。舱那边有大皮鞋的声音来了！阿，我的眼睁得多大，发儿也竖了起来啦！老蒋猫儿似的偷偷地过去躲在一旁。一个"无常"从那边来了，还不知道出了什么岔子。老蒋只一声喝："去你的！"就一个箭步穿过去，给他这么一拳，正打在下巴颏儿上，他退，退，尽退，退到船栏那儿。

老蒋赶上去就是一下，碰，他跌下水去啦。咱们在底下的就一哄闯进三等舱里，老蒋喝一声走，就往楼梯那儿跑，我也跟了上去，不知怎么抹个弯，就到了机器房门口。那机器轰雷似的响，守门的"无常"还在那儿一劲儿的点头，直到下巴颏儿碰着胸脯儿才抬了起来睁一睁眼——原来在瞌睡呢。我把手里的"伙计"一扔，虎的扑上去，滚在地下。鼻根上就一拳。那时，二等舱里抢出来几个"行家"，跟老蒋只说得一声："得手了。"就一起冲进机器房去了。我扑在那"无常"身上，往他胁上尽打，打了半天，一眼瞧见身旁放着把长枪，一把抢过来，在腰上只这么一下全刺了进去，——阿，先生，杀人真有点儿可怜，可是杀那种人真痛快。他拚命地喊了一声，托地跳起二尺高，又跌下去，刺刀锋从肚皮那儿倒撅了出来，淌了一地的血，眼见得不活了。我给他这掀，跌得多远。我听得舱里娘儿们拼命地喊，还有兄弟们的笑声，吆喝声，就想起那小狐媚子啦。我跳起来就往舱里跑。"今儿可是咱们的世界啦"！我乐极了，只会直着嗓子这么喊。先生，我活了二十年，天天受有钱的欺压，今天可是咱报仇的日子哩！我找遍了二等舱，总不见那小狐媚子。弟兄们都在乐他们的。喔，先生。你没瞧见哩。咱们都像疯了似的，把那桌子什么的都推翻了，见了西装就拿来放在地上当毡子践，那些有钱的拉出来在走廊里当靶子打，你也来个嘴巴，我也来一腿——真痛快！我见一个打一个，从那边打到这边，打完了才两步并一步的到了头等舱里。弟兄们正拉着那洋鬼子船长在地上拖，还有三个人坐在他的大肚皮儿上。我找到了小狐媚子住的那间房，那个高挑身儿的小子正在跟她说："别忙，有我在这儿。"妈的有你在这儿！我跳了进去，把门碰上了。那小狐媚子见了我直哆嗦，连忙把那披在身上的绸大衫儿扯紧了；那小子他妈的还充好汉。我一把扯住他，拉过来。他就是一拳，我一把捉住了，他再不能动弹。

　　"哼，你那么的王八羔子也敢来动老子一根毫毛！"我把他平提起来，往地上只一扔。他来了个嘴碰地，躺着干哼唧！我回头一看，那狐媚子躲在壁角那儿。哈哈！我一脚踹翻了桌子，过去一把扯开了她的绸衫儿。她只穿了件兜儿似的东西，肩呀，腿呀全露在外边儿——阿，好白的皮肉！我真不知道人肉有那么白的。先生，没钱的女人真可怜呢，皮肉给太阳晒得紫不溜儿的。哪来这么白！我疯了似的，抱住那小娼妇子往床上只一倒……底下可不用说啦，反正你肚里明白。哈，现在可是咱们的世界啦！女人，咱们也能看啦！头等舱，咱们也能来啦！从前人家欺咱们，今儿咱们可也能欺人家啦！阿；哈哈！第二天老蒋撞了进来说："老李，你到自在！'肥羊'走了呢。"他一眼瞥见了那小狐媚子，就乐的跳起来，道："远在天边，近在眼前，原来在这儿！"嘻，原来她就是委员夫人。咱们就把她关起来。那个小子就是和她一块儿走的什么秘书长。老蒋把他拖到甲板上，叫我把他一拳打下海去，算是行个"进山门"。我却不这么着。我把他捉起来，瞧准了一个大浪花，"嘭"的一声扔下去，正扔在那大浪花儿上。我可笑开啦！

　　那天我整天的在船上乱冲乱撞，爱怎么干就怎么干。到处都是咱们的人，到处都是咱们的世界。白兰地什么的洋酒只当茶喝。那些鬼子啦，穿西装的啦，我高兴就给他几个锅贴。船上六个"无常"打死了一半。那船长的大肚皮可行运啦；准都爱光顾他给他几拳！哈，真受不了！平日他那大肚皮儿多神气，不见人先见它，这当儿可够它受用哩！抄总儿说句话，那才是做人呢！我活了二十年，直到今儿才算是做人。晌午时，咱们接"财神"的船来了，是帆船。弟兄们都乘着划子来搬东西，把那小狐媚子。她妈的委员夫人也搬过去了，咱们才一块儿也过去了，嗯喇喇一声，那帆扯上了半空，咱们的船就忽悠悠悠地走哩！我见过了"大当家"，见过了众兄弟们，就也算是个"行家"了。我以后就这么的东流西荡地在海面上过了五年，也得了点小名儿。这回有点儿小勾当，又到这儿来啦。舅父已经死了，世界可越来越没理儿了，却巧碰见你，瞧你怪可怜的，才跟你讲这番话。先生，我告诉你这世界是没理数儿的：有钱的是人，没钱的是牛马！可是咱们可也不能听人家欺，不是你死就是我活。咱们不靠天地，不靠爹娘，也不要人家说可怜——那还不是猫哭耗子假慈悲吗？先生，说老实话，咱们穷人不是可怜的，有钱的，也不是可怜的，只有像你先生那么没多少钱又没有多少力气的才真可怜呢！顺着杆儿往那边儿爬怕得罪了这边儿，往这边儿爬又怕得罪了那边儿！我劝你，先生。这世界多早晚总是咱们穷人的。我可没粗功夫再谈哩。等我干完了正经的再来带你往咱们的世界去。得！我走啦！回头见！

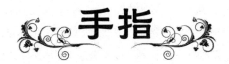

手指

乐乐你妈的！翠姐儿的一条小性命呢！

我跑到施二哥门口儿就听得阿崐在说道：

"爹，我到山上学本领去；有这么一天，我长得像你这么高啦，嘴里能吐剑，一道白光就能杀人，得回来给姐报仇！"

阿崐是二哥的儿子；那姐，你知道的，就是翠姐儿，他家的养媳妇。这孩子今年才十四岁，生得乖巧极了，真讨人爱。二哥夫妻俩一早就出去的，家里的事，上上下下，什么不要她管呀？二哥可是天天要到铁厂里去的。

他们小夫妻俩好得什么似的；谁说一声儿："阿崐你姐叫别人给欺侮了……"他不等你说完，就得抓了木棍往外蹦，疯嚷嚷的问："谁呀？老子撅他几个窟窿！"

我心里边儿咕叨着：这小子又不知道在跟谁淘气咧。

"好小子，报谁的仇呀？大叔给你帮场。"我一边这么说，一脚跨了进去，不见大嫂，只见施二哥闷咕咄的在抽烟。阿崐嚷一声："大叔！"跑上来一把扯，说道："你瞧姐！我想去报仇正愁没人帮场咧。大叔，走，咱们一同去！"

我一瞧，翠姐儿躺在铺上，屋子本来不够明亮，她还睁着眼好像怕谁捶她似的；牙咬得那么紧，像给人家搊了肠子拼命耐着疼似的，那光景真透着有几分阴森森的。啊，他妈的，还有！那十只手指上皮全给剥了，肉也没了，像萝卜，指甲儿上没了指甲，只有白骨露在外边儿。不消说，早就没了气儿啦。我一回头问二哥："怎么啦？上礼拜还好好儿的，怎么变得这个模样儿啦？"

"他妈的，全是那伙娼妇根子！今儿闹洋货，明儿闹国货；旗袍儿也有长的短的，什么软缎的，乔其缎的，美西缎的，印花绸的——印他妈的！一回儿行这个，一会儿行那个；什么时装会呀，展览会呀——我攒她的窟窿！叫她们来瞧瞧翠姐儿！丝袜子，高跟缎鞋。茶舞服，饭舞服，结婚服，卖淫服，长服，短服……她妈的！美？漂亮？来瞧瞧翠姐儿！脑袋上谁也没长角！全是没鸡巴的！"二哥先来了这么一咕噜串儿，闹得我攒了迷儿。

"你骂谁呀？"

"骂谁？骂那伙小狐媚子，娼妇根子——名他妈的媛！"

"究竟是怎么一回事儿？"

"我跟你说。翠姐儿可真可怜哪！大米卖到二十多，咱们穷人怎么活得了！上礼拜我叫她到元和丝厂去当剥茧。她原先就不愿去，可是这孩子真懂事。我一说，这么着，咱们也多几元钱一月，她就去了。那天她回来，两只手肿得像烘番薯——你知道，剥茧得把手浸在水里边儿的，第二天她怎么也不肯去啦，劝也不成，哄也不成，没法儿，只得横了心捶了她一顿，她才哭着去了。我哪里不疼她？捶在她身上，可痛在我心里哪！我知道她受不了，可是不这么着一家子全活不了呀！那天她一回来就哭——你猜怎么着？两只手满是水泡儿，瞧着就不受用。象什么？象钉鞋上的门钉！一古脑儿去了三天，水泡儿破了，淌水，烂了，肉一块块的往滚水里边掉，可是丝却一条条的抽出来了。她晚上疼得不能睡，偷着抽抽噎噎地哭，不敢出声。早上她求我道：'爹，你索性打死我吧！我受不了呀！她躺在地上不肯走；我心里酸，可是依旧把她拉到厂里，——没法儿哪。她一路哭，一路求，我真差一钉点给闹得掉泪了。虽说养媳妇，可是这孩子讨人喜欢，我真舍不得她。往后她的手也烂起来了，一道道拉口子，脓血直淌。我连瞧也不敢瞧！可是她还得忍着疼把手浸在滚水里边。她哪里不知道疼？我逼着她——我真太狠心了。这孩子又懂事，知道不做，我们一家不能活。她的血。皮肉在滚水里爆，十只手指像油条在油里煎，才抽出发光的丝来！她妈的那伙娼妇根子，她妈的只知道穿丝的绸的漂亮，哪知道翠姐儿的血在里边！哪一条丝不沾着她的皮肉，她的脓血在上面呀！昨天这孩子真的忍不住了，躲躲闪闪不肯把手仲下锅去。他妈的'拿麻温'这小子——你猜他怎么着？他说：'全像你那么娇嫩，慢慢儿做，丝厂全得关门咧。'娇嫩？谁的手是铁打的？这囚攘的捉着翠姐儿的手往锅子里直按下去，让滚水溅在她胳臂上，也烫起一个个水泡儿来。你说，翠姐儿怎么受得了？她哭着嚷，拼命的一挣，水珠儿溅在那小子脸上，嘶的一声儿，起了个泡。妈的，他倒知道疼！拿起胳臂那么粗的铁棍连脑袋带脊梁往翠姐儿身上胡打。这铁棍他还叫做家法呢。你知道的，在丝厂里做工的小姑娘全得拜'拿麻温'做师父，不然，他就不收你。这么个大汉子赶着个小姑娘打，你说，她怎么能不给打个半死？真可怜哪，翠姐儿给打得胳膊腿全断了，蛇似的贴地爬回来。等她爬回家，那孩子只有咕着眼儿喘气的份儿了；拎起她的胳膊来一放，拍的声又掉下去哩。只剩了一层皮和肩膀连着啦！她的手指简直成了炸油条，血也没了，脓也没了，肉也没了，砍一刀子也不哼一声。挨到今儿就死了！"

我听一句儿，就一股血往上冒，等我听完了，差一点给气炸脑门啦。我刚想说话，阿崐猛狐丁地问道：

"大叔，丝有吗用？"

有吗用？这孩子一句话问得我伤心，丝的用处大着啦！丝袜子，丝围巾，乔其缎……咱们穷人的姑娘做，他们有钱的姑娘穿在身上去满处里打游飞！还不够，还要开展览会，叫大伙儿全去瞧瞧呢！叫他们来瞧瞧翠姐儿！究竟也是人哪！就是蟹放在锅子煮，还要挣扎咧；好好儿的一个人给这么弄死就算了吗？

可是施大嫂回来了。她一到家就扑的塌在那儿啦，半天才说道："拿麻温说的：死的不是你们家一个，死的人多着咧！全像你们家小姐那么娇嫩，人家也别用开丝厂了，大家子姑娘也别用穿丝的了，全像你那么叫化婆们的就得啦！他还笑呢！"

你听，他妈的！

我跑到大街上，街上正在开提灯会；我直撅撅地走了半天，一抬脑袋，恰巧瞧见："国货时装展览会"这五个字。

1930 年 10 月 6 日

南北极

那时我还只十三岁。

我的老子是洪门弟兄，我自幼儿就练把式的。他每天一清早就逼着我站桩，溜腿。我这一身本领就是他教的。

离我家不远儿是王大叔的家，他的姑娘小我一岁，咱们俩就是一对小两口儿。我到今儿还忘不了她。一个在东，一个在西，太阳和月亮会了面，咱姓于的就不该自幼儿就认识她。他妈的姓于的命根子里孤鸾星高照，一生就毁在狐媚子手里。我还记得那时我老叫她过玉姐儿。

玉姐儿生得黑糁糁儿的脸蛋子，黑里透俏，谁不喜欢她。我每天赶着羊儿打她家门前过时，就唱：

> 白羊儿，
> 玉姐儿
> 咱们上山去玩儿！

她就唱着跑出来啦——那根粗辫儿就在后边儿荡秋千。

> 玉姐儿，
> 小狮子（我的名儿是于尚义，可是她就爱叫我小狮子），
> 咱们赶着羊儿上山去吃草茨子！

　　摔跤是我的拿手戏，摔伤了玉姐儿会替我医。是夏天，咱们小子就跳下河去洗澡，在水里耍子，她们姑娘就赶着瞧咱们的小鸡巴。我的水性，不是我吹嘴，够得上一个好字。我能钻在水里从这边儿游到那边儿，不让水面起花，我老从水里跳上来吓玉姐儿。傍晚儿时咱们俩就躺在草上编故事。箭头菜结了老头儿，婆婆顶开了一地，蝴蝶儿到处飞，太阳往山后躲，山呀人呀树呀全紫不溜儿的。

　　"从前有个姑娘……"我总是这么起头的。

　　"从前有个小子，叫小狮子……"她老抢着说。

　　编着编着一瞧下面村里的烟囱冒烟了，我跳起来赶着羊儿就跑，她就追，叫我给丢在后边儿真丢远了，索性赖在地上嚷："小狮子！小狮子！"

　　"跑哇！"

　　"小狮子，老虎来抓玉姐儿了！"

　　"给老虎抓去做老婆吧？"

　　"小狮子！老虎要吃玉姐呢！"

　　"小狮子在这儿，还怕老虎不成。"我跑回去伴着她，她准撒娇，不是说小狮子，我可走不动啦，就是说，小狮子，玉姐儿肚子痛，我总是故意跟她别扭，直到搁不住再叫她央求了才背着她回家。

　　这几个年头儿可真够我玩儿乐哪！

　　可是在她十四岁那年，王大叔带她往城里走了一遭儿，我的好日子算是完了。她一回来就说城里多么好，城里的姑娘小子全穿得花蝴蝶似的，全在学堂里念书会唱洋歌。

　　"咱们明年一块儿上城里去念书吧。"

　　我那天做了一晚上的梦，梦着和王姐儿穿着新大褂儿在学堂里念书，那学堂就像是天堂，墙会发光。

　　隔了几天，她又说。她到城里是去望姑母的，她的大表哥生得挺漂亮，大她三岁，抓了许多果子给她吃，叫她过了年到他家去住。她又说她的大表哥比我漂亮，脸挺白的，行动儿不像我那么粗。我一听这话就不高兴；我说："玉姐儿。你不能爱上他，王大叔说过的等我长得象他那么高，把你嫁给我做媳妇……"

　　"别拉扯！咱们上山根儿去玩儿。"她拉了我就走。

往后她时常跟王大叔闹着要到城里去念书。我也跟老子说，他一瞪眼把我瞪回来了。过了年，她来跟我说要上城里去给姑母拜年，得住几天。我叫她别丢了我独自个儿去。她不答应。我说："好，去你的！小狮子不稀罕你的。你去了就别回来！"谁知道她真的去了，一去就是十多天。后来王大叔回来了。到我们家来坐时，我就问他："玉姐儿呢？"我心里发愁。你别瞧我一股子傻劲儿，我是粗中有细，我的心可像针眼儿。我知道玉姐儿没回来准是爱上那囚攮的了。

"玉姐儿吗？给她大表哥留下哩；得过半年才回，在城里念书哪！那小两口儿好的什么似的……"他和我老子谈开啦。我一纳头跑出来，一气儿跑到山根儿，闷啃咄地坐着。果然，她爱上那囚攮的啦。好家伙！我真有股傻劲儿，那天直坐到满天星星，妈提着灯笼来找，才踏着鬼火回去。过几天王大叔又到我们家来时，我就说："王大叔，你说过等我长得象你那么高把玉姐儿嫁给我。干吗又让她上城里去？你瞧，她不回来了。"王大叔笑开了，说道："好小子，毛还没长全，就闹媳妇了！"

"好小子！"老子在我脖子上拍了一掌。你说我怎么能明白他们说的话儿？那时我还只那么高哪。从那天起，我几次三番想上城里去，可是不知道怎么走。那当儿世界也变了，往黑道儿上去的越来越多，动不动就绑人，官兵又是一大嘟噜串儿的捐，咱们当庄稼人的每年不打…遭儿大阵仗儿就算你白辛苦了一年。大家往城里跑——谁都说城里好赚钱哇！咱们那一溜儿没几手儿的简直连走道儿都别想。老子教我练枪，不练就得吃亏。我是自幼儿练把式的，胳膊有劲，打这百儿八十下，没半寸酸。好容易混过了半年。我才明白我可少不了玉姐儿。这半年可真够我受的！玉姐儿回来时我已打得一手好枪，只要眼力够得到，打那儿管中那儿。她回来那天，我正躺在草上纳闷，远远儿的来了一声："小狮子！"我一听那声儿象玉姐儿，一挺身跳了起来。"玉姐儿！"我一跳三丈的迎了上去。她脸白多了，走道儿装小姐了！越长越俏啦！咱们坐在地上，我满想她还像从前那么的唱呀笑的跟我玩儿。她却变了，说话儿又文气又慢。那神儿，句儿，声儿，还有字眼儿全和咱们说的不同。

"好个城里来的小姐！"

"别胡说八道的。"

"玉姐儿，你俏多啦！"

"去你的吧！"她也学会了装模作样，嘴里这么说，心里可不这么想——我知道她心里在笑呢！

她说来说去总是说城里的事，说念书怎么有趣儿，说她姑母给她做了多少新衣服，她表哥怎么好，他妈的左归右归总离不了她的表哥。我早就知道她爱上了那囚攘的。

"玉姐儿，我知道你爱上他了。"

"嘻！"她还笑呢！我提起手来就给一个锅贴——这一掌可打重了。你知道的，我这手多有劲。可是，管她呢！"滚你的，亏你有这脸笑？老子不要你做媳妇了。小狮子从今儿起再叫你一声儿就算是忘八羔子。"我跳起身就走，没走多远儿，听得她在后边儿抽抽噎噎地哭，心又软啦。我跑了回去。

"妈的别再哭了，哭得老子难受。"

"走开，别理我！"

"成！咱小狮子受你的气？"我刚想走，她哭得更伤心了。妈的，我真叫她哭软了心，本来像铁，现在可变成了棉花，"叫我走？老子偏不走！不走定了。我早就知道你爱上了那狗养的野杂种，忘八羔子，囚攘的。……"

"我就算爱上了她！有你管的份儿？不要脸的！"

妈的，还说我不要脸呢！"别累赘！老子没理你。"

"谁跟我说一句儿就是忘八羔子！"她不哭了，鼓着腮帮儿，泪眼睁得活赛龙睛鱼。

"老子再跟你说一句儿就算是忘八羔子。"

她撑起身就走，你走你的，不与我相干！打算叫我赔不是吗？太阳还在头上呢，倒做起梦来了。她在前一滑，滑倒了，我赶忙过去扶她，她一撒手，又走了。我不知怎么的，连我自己也不明白，又会赶上去拦住她道："玉姐儿——"

"忘八羔子！"

"对！"

她噗哧地笑啦。

"笑啦，不要脸的！"

"谁才不要脸呢，打女孩儿家！"

咱们算是和了。

她在家里住了二十多天。她走的那天我送了她五里路，她走远了，拐个弯躲在树林那边了，我再愣磕磕地站了半天才回来。我也跟老子闹着要上城里去念书。可是只挨了一顿骂，玉姐儿这一去就没回来！我天天念着她。到第二年我已长得王大叔那么高啦，肩膀就比他阔一半，胳膊上跑马，拳头站人，谁不夸我一声儿："好小子。"可是她还没回来。王大叔也不提起她。

那天傍晚儿我从田里回来，王大叔和老子在门口喝白干儿，娘也在那儿，我瞧见了他们，他们可没瞧见我。远远儿的我听得王大叔大声儿笑道，"这门子亲算对的不错，有我这翁爹下半世喝白干儿的日子啦！"他见我走近了就嚷："好小子，三不知的跑了来。玉姐儿巴巴地叫我来请你喝喜酒儿呢！"

"嫁给谁？"

"嫁到她姑母家里。"

"什么？阿！"我回头就跑。

"小狮子！"

"牛性眼儿的小囚壤。还不回来！"

我知道是老子和妈在喊，也不管他。一气儿跑到山根儿怔在那儿，半响，才倒在地上哭起来啦。才归巢的鸟儿也给我吓得忒楞楞地飞了。我简直哭疯了，跳起身满山乱跑，衣服也扎破了，脑袋也碰破了，脸子胳臂全淌血，我什么也不想，就是一阵风似的跑。到半晚上老子找了来一把扯住我，说道："没出息的小子！咱们洪家的脸算给你毁了！大丈夫男儿汉，扎一刀子冒紫血，好容易为了个姑娘就哭的这么了？——"我一挣又跑，他追上来一拳把我打倒了抬回去。我只叫得一声："妈呵！"就昏昏沉沉地睡去了。

整整害了一个多月大病，爬起床来刚赶着那玉姐儿的喜酒儿。那时正是五月，王大叔在城里赁了座屋子，玉姐儿先回来，到月底再过去。咱们全住在那儿。

玉姐儿我简直不认识啦，穿得多漂亮。我穿着新竹布大褂儿站在她前面就像是癞虾蟆。她一见我就嚷："小狮子！"我一见她就气往上冲，恨不得先剁她百儿八十刀再跟她说话儿。我还记得是十八那天，王大叔，老子和妈全出去办嫁妆了，单剩下我和玉姐儿，她搭讪着和我有一句没一句的说闲话儿。我放横了心。一把扯她过来："玉姐儿，咱们今儿打开窗子说亮话，究竟是你爱上了那囚攘的，还是王大叔爱上了那囚攘的？"

"你疯了不是？抓得我胳膊怪疼的。"

"好娇嫩的贵小姐！"我冷笑一声。"说！究竟是谁爱上了那野杂种？"

她吓得往后躲，我赶前一步，冲着她的脸喝道："说呀！"

"爱上了谁？"

"你的表哥。"

她搓了一同儿才说："是……"

"别累赘！咱不爱说话儿哼唧唧的。黑是黑，白是白，你今儿还我个牙清口白。你要半句假，喝，咱们今儿是白刀子进红刀子出！"

你猜她怎么着？她一绷脸道："是我爱上了他！你要杀就杀，要剐就剐！……"她索性拿了把洋刀递给我，一抑脖子，闭着眼儿道："剁呀！"啊，出眼泪啦！小狐媚子，还是这么一套儿！我这股子气气不知跑到哪儿去了，心又软了。他妈的！她还说道："好个男儿汉，英雄！拿了刀剁姑娘！剁呀！"我又爱她又恨她。我把刀一扔，到房里搜着了妈的钱荷包就往外跑。她在院子里喊："小狮子！小狮子！"

"滚你妈的！"我一气儿跑到火车站。就是那天，我丢了家跑到上海来。我算是一个跟斗十万八千里从那一个世界，跳到这一个世界啦。

我从没跑过码头。到了上海，他妈的，真应了句古话儿；"土老儿进城。"笑话儿可闹多了，一下车跑进站台就闹笑话儿。站台里有卖烟卷儿的，有卖报纸的，有卖水果的，人真多，比咱们家那儿赶集还热闹，我不知往哪儿跑才合式。只见尽那边儿有许多人，七长八短，球球蛋蛋的，哗啦哗啦尽嚷，手里还拿了块木牌子。我正在纳罕这伙小子在闹他妈的什么新鲜玩意儿，冷不防跑上个小子来，拱着肩儿，嘴唇外头，露着半拉包牙，还含着枝纸烟，叫我声儿："先生！"

"怎么啦？"我听老子说过上海就多扒儿手骗子，那小子和我非亲非故，跑上来就叫先生，我又不知道他是干什么营生的，怎么能不吓呢？我打量他管是挑上了我这土老儿了，拿胳臂护住心口，瞧住他的腿儿，拳儿提防着他猛来一下。冷不防后面又来了这么个小子，捉住我的胳膊。好哇！你这囚攘的，欺老子？我把右胳膊往后一顿，那小子就摔了个毛儿跟头。这么一来，笑语儿可闹大啦。后来讲了半天才弄明白是旅馆里兜生意的。那时我可真想不到在上海住一晚要这么多钱，就跟着去了。我荷包里还有六元多钱，幸亏住的是小旅馆，每天连吃的化不到四毛钱。

头一天晚上就想起家。孤鬼儿似的独自个儿躺在床上，往左挪挪手，往右搬搬腿，怎么也睡不着，又想起了玉姐儿。我心里说，别想这小娼妇，可是怎么也丢不开。第二天我东西南北的溜跶了一整天。上海这地方儿吗，和咱们家那儿一比，可真有点儿两样的。我瞧着什么都新奇。电车汽车不用人拉，也不用人推，自家儿会跑，像火车，可又不冒烟；人啦车啦有那么多，跑不完；汽车就像蚂蚁似的一长串儿，也没个早晚儿尽在地上爬；屋子像小山，简直要碰坏了天似的。阿，上海真是天堂！这儿的东西我全没见过，就是这儿的人也有点儿两样。全又矮又小，哈着背儿，眼珠儿咕噜咕噜的成天在算计别人，腿像蜘蛛腿。出窝儿老！这儿的娘儿们也怪：穿着衣服就像没穿，走道儿飞快，只见那寸多高的高跟皮鞋儿一踩一踩的，好像是一对小白鸽儿在地上踩，怎么也不摔一交。那印度鬼子，他妈的，顶叫我纳罕，都是一模一样黑太岁似的，就像是一娘养的哥儿们。

我一住就是十五天，太阳和月亮跑开了，你追着我，我追着你，才露脸又不见啦。钱早就没了，竹布大褂儿当了六毛半钱只化了两天。旅馆老板只认识钱，他讲什么面子情儿；我没了钱，他还认识我？只白住了一天，就给撵出来啦。地生人不熟，我能到哪儿去？我整天的满处里打游飞，幸亏是夏天，晚上找个小胡同，在口儿上打个盹；一天没吃东西，肚皮儿咕咚咕咚的叫屈，见路旁有施茶的，拚命地喝一阵子，收紧了裤带，算睡去了。第二天早上醒回来饿极了，只得把短褂儿也脱下来当了。这么的直熬煎了三天，我真搁不住再受了。我先以为像我那么的男儿汉还怕饿死不成。谁知道赤手空拳打江山这句话是骗人的。你有本领吗，不认识财神爷，谁希罕你？偌大的上海，可就没我小狮子这么条英雄好汉活的地方儿——我可真想不到咱小狮子会落魄到这步田地！回家吧，没钱，再说咱也没这脸子再去见人，抢吧，人家也是心血换来的钱。向人家化几个吧，咱究竟是小伙子。左思右想，除了死就没第二条路。咱小狮子就这么完了不成？我望着天，老天爷又是瞎了眼的！

那天我真饿慌了，可是救星来啦。拐角男那儿有四五个穷小子围住了一个担饭的在大把儿抓着吃，那个担饭的站在一傍干咕眼。我也跑过去。一个大一点儿的小子拦住我喝道："干吗？"

"不干吗儿。我饿的慌！"

"请问：'老哥喝的哪一路水？'"

我不明白这话什么意思。一瞪眼道："谁问你要水喝？"

"好家伙，原来你不是'老兄弟'！你也不打听打听这一溜儿是谁买的胡琴儿，你倒拉起来啦？趁早儿滚你的！"那小子横眉立目的冲着我的脸就啐。哈，老子还怕你？我一想，先下手为强，他刚一抬腿，我的腿已扫在他腿弯上，他狗嘴啃地倒了下去。还有几个小子喝一声就扑上来，我一瞧就知道不是行家，身子直撅撅地只死命的扑。我站稳了马步，轻轻儿地给这个一腿，给那个一掌，全给我打得东倒西歪的，大伙儿全围了上来看热闹。我一瞧那个担饭的汉子正挑着担子想跑，赶上一步，抢了饭桶抓饭吃。刚才那个小子爬了起来说道："你强！是好汉就别跑！"他说着自己先跑了。剩下的几个小子守着我，干瞪着眼瞧我吃。有一个瞧热闹的劝我道："你占了面子还不走？——"那个守着我的小子瞪他一眼，他就悄悄地跑开了。我不管他，老子这几天正苦一身劲没处使哪！

有饭吃的时候儿不知道饭的味儿，没吃的了才知道饭可多么香甜。这一顿我把担着的两半桶饭全吃完了。看的人全笑开啦。我正舐舌咂嘴地想跑，看的人哄的全散了开去，只见那边来了二三十个小子，提着铁棍马刀。我抓了扁担靠墙站着等。他们围住了我，刀棍乱来，我提起扁担撒个花，一个小子的棍给绞飞了。我拿平了扁担一送，他们往后一躲。我瞧准那个丢了棍子的小子，阴手换阳手一点他的胸脯儿，他往后就倒，我趁势儿托地跳了出去，想回头再打几个显显咱于家少林棍有多么霸道，冷不防斜刺里又跳出个程咬金来，一下打在我胳膊上，我急了，忍着疼，把扁担横扫过去，给了他一个耳刮子，那小子一脸的血，蹲在地上。我一撒腿跑我的。

往后我就懂得怎么能不花钱吃饭，不花钱找地方儿睡觉。成天在街上逛，朋友也有啦。我就这么赤条条来去无牵挂的活下来了。他妈的，咱小狮子巴巴地丢了家跑到上海来当个"老兄弟"！你知道什么叫"老兄弟"？"老兄弟"就是没住的，没吃的，没穿的痞子，你们上海人叫瘪三。"老兄弟"可不是容易当的，那一大咕噜串儿的"条子"就够你麻烦的。热天还好，苏州河是现成的澡堂，水门汀算是旅馆。可是那印度鬼子他妈的真别扭，他的脾胃真怪，爱相公。我的脸蛋也满漂亮的，鼻直口方，眉毛儿像两把剑，又浓又挺。就透着太黑了点儿，可就在这上面吃了亏了。有一一天晚上我正在河沿子睡觉，咕咚咕咚大皮鞋儿声音走近来了，一股子臭味儿，我一机灵，睁开眼，一只黑毛手正往我肚皮儿上按来，一个印度鬼子正冲着我咧着大嘴笑呢。我一瞧那模样儿不对眼，一把抓住了那只大毛手，使劲往里一扯，抬起腿一顶他的肚皮儿，我在家里学摔交的时候儿，谁都怕我这一着儿。那鬼子叉手叉脚地翻个跟头，直撅撅的从我脑袋那儿倒摔了出去，我跳起身就跑。那印度鬼子真讨厌，给他抓住了，你要扭手扭脚的，他就说："行里去！"我打了好几个。转眼到了腊月，西北杠子风直刮，有钱的全坐在汽车里边儿，至不济也穿着大氅儿，把脖子缩在领圈子里边儿，活像一只大忘八。可是我只有三只麻袋，没热的吃，没热的喝，直哆嗦，虎牙也酸了。我不是不会说几句儿："好心眼儿的老爷太太，大度大量，多福多寿，明中去暗中来哇——救救命哪！"咱小狮子是打不死冻不坏的硬汉！我能哈着背儿问人家要一个铜子吗？咱姓于的宁愿饿死，可不希罕这一个铜子！有钱的他们情愿买花炮，就不肯白舍给穷人。店铺子全装饰得多花梢，大吹大擂的减价，橱窗里满放着皮的呢的，我却只能站在外面瞧。接连下了几天雪，那雪片儿就像鹅毛，地上堆得膝盖儿那么高。我的头发也白了，眉毛上也是雪，鼻子给盖得风雨不透，光腿插在雪里，麻袋湿透了，冰结得铁那么硬，搁在脊梁盖儿上，窸窸窣窣的像盔甲，那胳膊腿全不是我的了，手上的皮肉一条条的开了红花。这才叫牛不喝水强按头，没法儿，小狮子也只得跟在人家后边儿向人家化一个铜子儿啦。到傍晚儿我还只化了十五个铜子，可是肚皮儿差一点子倒气破了。我等在永安公司的门口儿。两个小媳妇子跑出来啦，全是白狐皮的大氅儿，可露着两条胖小腿，他妈的，真怪，两条腿就不怕冷。我跟上去，说道："好小姐，给个铜子儿吧！"你猜她怎么着？啊，我现在说起来还有气。

"别！好腌臜！"一个瓜子脸的小媳妇子好像怕我的穷气沾了她似的，赶忙跳上车去。还有一个说道："可怜儿的小瘪三！"她从荷包里边儿摸出个铜子儿来："别挨近来！拿去！"把铜子儿往地上一扔。在汽车里边儿的还说："你别婆婆妈妈的，穷人是天生的贱种，哪里就这么娇嫩，一下雪就冻死了？你给他干吗儿？有钱给瘪三，情愿回去买牛肉喂华盛顿！"我一听这话，这股子气可大啦。好不要脸的小娼妇！透着你有钱喂狗——老子就有钱喂你！

我把手里的十五个铜子儿一把扔过去："你？不要脸的小娼妇！什么小姐，太太，不是给老头儿膘的姨太太就是四马路野鸡！神气什么的，你？你算是贵种？你才是天生地造的淫种，娼妇种！老子希罕你的钱！"

在里边儿的那个跳了出来。我说："吓！你来？你来老子就膘你！你来？"还有一个把她拦回去了，说道："理他呢？别弄脏了衣服！"她还不肯罢休，嚷道："阿根：快叫巡捕来，简直反了……不治治他还了得！"

"得了吧，你理他呢。阿根，开呀！"

汽车嘟的飞去了，溅了我一身雪。我气得愣磕磕地怔在雪边儿。咱小狮子天不怕地不怕的铁汉子受娘儿们的气！饶我志气高强，不认识财神爷，就没谁瞧得起我！

往后我情愿挨饥受冻，不愿向有钱的化一个铜子儿，见了娘儿们就没结没完的在心里咒骂。

大除夕那晚上，十一点多了，街上还是挤不开的人，南货店，香烛店什么的全围上三圈人，东西就像是白舍的，脸上都挂着一层喜气——可是我呢？我是孤鬼儿似的站在胡同里躲北风。人家院子里全在祭祖宗，有这许多没娘崽子在嚷着闹。百子炮劈拍劈拍的——你瞧，他们多欢势。有一家后门开着。热嘟嘟的肉香鸡鸭香直往外冒，一个女孩子跑过来拍的一声儿把一块肥肉扔给只大花猫吃。那当儿恰巧有个胖子在外边走过，我也不知是哪来的一股子气，就恨上他了。他慢慢的在前面踱，我跟在后边儿，他脖子上的肉真肥，堆了起来，走道儿时一涌一涌的直哆嗦。他见我盯着自家儿，有丁点慌，掏出个铜子儿来往地上一扔。他妈的，老子希罕你的钱？我真想拿刀子往他脖子上砍，叫他紫血直冒。我眼睛里头要冒火啦，睁得像铜铃，红筋蹦得多高。他一回头，见我还跟着，给吓了一跳，胳臂一按兜儿就往人堆里边儿挤，我一攒劲依旧跟了上去。北风刮在脸上也不觉得了，我自己也不明白是怎么股劲儿。那晚上不是十二点也有一班戏的吗？咱们忙着躲债，他们有钱的正忙怎么乐这一晚！那时奥迪安太戏院刚散场，人像蚂蚁似的往外涌，那囚攘的一钻就不见啦。我急往街心找，猛的和人家撞了个满怀。我抬头一瞧，哈，我可乐开啦。他妈妈的白里透红的腮帮儿上开了朵墨不溜湫的黑花儿！你猜怎么着？原来我的肩膀撞着了一个姑娘的腮帮儿；她给我撞得歪在车门上。幸亏车门刚开着，不然，还不是个元宝翻身？好哇！谁叫你穿高跟儿鞋来着？谁叫你把脸弄得这么白？不提防旁边儿还有个姑娘，又清又脆的给了我一锅贴："你作死呢！"

"你才作死呢！"这一下把我的笑劲儿打了回去，把我的火打得冒穿脑盖了。我一张嘴冲着她的脸就啐，我高过她一个脑袋，一口臭涎子把她半只脸瓜子全啐到啦。前面开车的跳了下来。先下手为强，我拿着麻袋套住了他的脑袋，连人带袋往下一按。他咕咚倒在地上，这一麻袋虱子可够他受用哩。哈，他妈的！我往人堆里一钻。大伙儿全笑开啦。那晚上，我从梦里笑回来好几次。我从家里跑了出来还没乐过一遭儿呢！

第二天大年初一，满街上花炮咻咻的乱窜，小孩子们全穿着新大褂儿，就我独自个儿闷咕咄的，到了晚上，店铺子全关了门，那鬼鬼啾啾的街灯也透着怪冷清清的，我想起幼时在家里骑着马灯到王大叔家去找玉姐儿的情景，那时我给她拜年，她也给我拜年，还说是拜了征西大元帅回来拜堂呢。现在我可孤鬼儿似的在这儿受凄凉。我正在难受，远远儿的来了一对拉胡琴卖唱儿的夫妻。那男的咿呀呜呜的拉得我受不了，那女的还唱《孟姜女寻夫》呢。

"家家户户团圆转……"

拐个弯儿滚你的吧，别到老子这儿来。可是他们偏往我这儿走来，一个没结没完的拉，一个没结没完的唱，那声儿就像鬼哭。男的女的全瘦得不像样儿，拱着肩儿，只瞧得见两只眼，绷着一副死人脸，眼珠子没一丁点神，愣磕磕的望着前头，也不知望什么，他妈的，老子今儿半夜三更碰了鬼！

"家家户户团圆转……"

她唱一句，我心抽一下。我越难受，她越唱得起劲，她越唱得高兴，我越难过。这当儿一阵北风刮过来，那个男的抖擞了一下，弦线断了。

"唉，老了，不中用了！"那个女的也唉声叹气的不唱了。他们都怔在那儿，街灯的青光正照在脸上——你说这模样儿我怎么瞧得下去。不愁死人吗？我跑了，我跑到拐角上烟纸店那儿买了包烟卷儿抽。从那天起，我算爱上了烟卷儿啦。我步不得鼻子跟儿就少不得烟卷儿。

"老子？滚你妈的！妈！也滚！玉姐儿？滚你妈的小娟妇！47老子爱你？滚你的！滚远些！女人？哈，哈，哈！"

我一口烟把他们全吹跑了——吹上天，吹落地，不与老子相干。

话可说回来了。咱小狮子就这么没出息不成！瞧我的！我天天把铜子儿攒了下来，攒满了一元钱，有本钱啦，就租车拉。我这人吗，拉车倒合式。拉车的得跑得快，拿得稳，收得住，放得开，别一颠一拐的，我就有这套儿本领。头一天就拉四元多钱。往后我就拉车啦。

拉车可也不是机灵差使。咱们也是血肉做的人，就是牛马也有乏的时候儿，一天拉下来能不累吗？有时拉狠了，简直累得腿都提不起。巡警的棍子老搁在脊梁盖儿上，再说，成天的在汽车缝里钻——说着玩儿的呢！拉来的钱只够我自家儿用。现在什么都贵呀！又不能每天拉，顶强也只隔一天拉一天，要不然，咱们又不是铁铸的怎么能不拉死哇。我在狄思威路河沿子那儿租了间亭子间，每月要六元钱，那屋子才铺得下一张床一只桌子。你说贵也不贵？

房东太太姓张，倒是个好心眼儿的小老婆儿，老夫妻俩全五十多了，男的在公馆里拉包车，也没儿女，真辛苦，还带着老花眼镜儿干活哪。她就有点儿悖晦，缝一针念一句儿佛，把我当儿子，老跑到我屋子里来一边缝着破丁，一边唠叨；乏了，索性拿眼镜往脑门上一搁，颠来倒去闹那么些老话儿："可怜儿的没娘崽子，自幼儿就得受苦。你没娘，我没孩子，头发也白了，还得老眼昏花的干活儿……阿弥陀佛！前生没修呵！孩子，我瞧你怎么心里边儿老拴着疙瘩，从不痛快的笑一阵子？闷吃糊睡好上膘哪。多咱娶个媳妇，生了孩子，也省得老来受艰穷……阿弥陀佛！"她说着说着说到自家儿身上去了。"我归了西天不知谁给买棺材呢。前生没修，今生受苦呵！阿弥陀佛……阿弥陀佛……"她抹鼻涕揩眼泪的念起佛来啦。这份儿好意我可不敢领！可是她待我真好，我一回来就把茶水备下了。我见了她，老想起妈。

张老头儿也有趣儿，他时常回来，也叫我孩子。我要叫他一声大叔，他一高兴，管多喝三盅白干儿。他爱吹嘴，白干儿一下肚，这牛皮可就扯大啦。那当儿已是三月了，咱们坐在河沿子那儿，抽着烟卷听他吹。他说有个刘老爷时常到他主子家里去，那个刘老爷有三家丝厂，二家火柴厂，家产少说些也是几千万，家里的园子比紫禁城还要大，奴才男的女的合起来一个个数不清，住半年也不能全认清，扶梯，台阶都是大理石的，又巴子也是金的，连小姐太太们穿的高跟儿鞋也是银打的呢。他妈的，再说下去，他真许说玉皇大帝是他的外甥呢！谁信他，天下有穿银鞋儿的？反正是当《山海经》听着玩儿罢了。

咱们那一溜儿住的多半是拉车的，做工的，码头上搬东西的，推小车的，和我合得上。咱们都赚不多钱，娶不起媳妇，一回家，人是累极了，又没什么乐的，全聚到茶馆里去。茶馆里有酒喝，有热闹瞧，押宝牌九全套儿都有，不远儿还有块空地，走江湖的全来那儿卖钱。有一伙唱花鼓的，里边儿有个小媳妇子，咱们老去听她的《荡湖船》。

> 哎哎呀，伸手摸到姐儿那东西呀！
> 姐儿的东西好像三角田——
> 哜咯龙咯呛……
> 哎哎呀！哎哎呀！哎呀，哎呀，哎哎呀！
> 一梭两头尖，
> 胡子两边分……

哈！够味儿哪！我听了她就得回到茶馆里去喝酒，抓了老板娘串荡湖船。喝的楞子眼了，就一窝风赶到钉棚里去。钉棚里的娼妇可真是活受罪哪！全活不上三十岁。又没好的客来，左右总是咱们没媳妇的穷光蛋。咱们身子生得结实，一股子狠劲儿胡顶乱来，也不管人家死活，这么着可苦了她们啦。眼睛挤箍着真想睡了，还抽着烟卷让人家爬在身上，脸搽得像猴子屁股，可又瘦得像鬼，有气没力地哼着浪语，明明泪珠儿挂在腮帮儿上，可还得含着笑劲儿，不敢嚷疼。啊。惨哪！有一遭儿，咱们四个人全挑上了一个小娼妇。她是新来的，还像人，腿是腿，胳膊是胳膊，身上的皮肉也丰泽。那天才是第一天接客呢！好一块肥肉！咱们四个全挑上了。他妈的，轮着来！咱们都醉了，轮到我时，我一跳上去，她一闭眼儿，手抓住了床柱子，咬着牙儿，泪珠儿直掉，脸也青啦。我酒也醒了，兴致也给打回去了。往后我足有十多天不上那儿去。张老婆儿唠叨唠叨，成天的唠叨，叫我省着些儿，逛钉棚，不如娶个媳妇子。可是，咱们一天拉下来，第二天憩着，兜儿里有的是钱，是春天，猫儿还要叫春呢，咱们不乐一下子，这活儿还过得下去吗？咱们也是人哪！过了不久，我真的耐不住了，又去喝酒逛钉棚啦。一到茶馆里，一天的累也忘了，什么都忘了，乐咱们的！

天渐渐儿地又热了。娘儿们的衣服一天薄似一天，胳臂腿全露出来哩；

冰淇淋铺子越来越多，嚷老虎黄西瓜的也来了。苦了咱们拉车的，也乐了咱们拉车的。坐车的多了，一天能多拉一元多钱——有钱的不拿一元钱当一回事儿，咱们可得拿命去换，得跑死人哪！老头儿没底气，跑着的时候儿还不怎么，跑到了，乍一放，一口气喘不过来就完啦。狗儿也只有躺在胡同里喘气的份儿，咱们还拉着车跑，坐车的还嚷大热毒日头里，不快点儿拉。柏油路全化了，践上去一脚一个印就像践在滚油上面，直疼到心里边儿——你说呀，咱们就像在热锅子里爬的蟹呢！有一次我拉着一个学生模样的从江湾路往外滩花园跑。才跑到持志大学那儿。咱已跑得一嘴的粘涎子，心口上像烧着一堆干劈柴，把嗓子烧得一点点往外裂。脑袋上盖着块湿毛巾，里边儿还哄哄的不知在闹什么新鲜玩意儿，太阳直烘在背上，烤火似的，汗珠子就像雨点儿似的直冒，从脑门往下挂，盖住了眉毛，流进了嘴犄角儿，全身像浸在盐水里边儿。我是硬汉子；我一声不言语，咬紧牙拚条命拉。八毛钱哪！今天不用再拉了。坐车的那小子真他妈的大爷气，我知道他赶着往公园里去管没正经的于，他在车上一个劲儿顿着足催。我先不理他。往后他索性说："再不快拉，大爷不给钱！"成！老子瞧你的！不给？老子不搂你这囚攮的？我把车杠子往地下猛的一扔，往旁一逃，躲开了，他往前一扑，从车里掀出来，跌多远。那小子跳起身来——你猜他怎么着？他先瞧衣服！

"老子不拉了。给钱！"我先说。

他一瞪眼——这小子多机灵，他四周一望半个巡警也没，只有几个穿短裤儿的站在一旁咧着嘴笑，那神儿可不对眼儿，会错了我的意思，以为我是打闷棍的，说道："跌了大爷还要钱？"回身就走。我能让他跑了吗？我赶上去一把扯住他。他没法儿，恶狠狠地瞪着我从裤兜儿里掏出钱来往地上一扔，我才放他走了。那天我真高兴，像封了大元帅，一肚皮的气也没了。摔那小子一交，哈哈！

我回到家里，洗了澡，就手儿把衣服也洗净搓干了，搁在窗外。张老婆儿又进来了，我知道她管累赘，逃了出来。张老头儿正坐在河沿子那儿吹嘴，我捡一块小石子往他秃脑袋上扔。他呀了一声儿回过头来一瞧是我，就笑开啦。笑得多得味儿！"扔大叔的脑袋？淘气！孩子，这一石子倒打得有准儿！"

"我的一手儿枪打得还要有准儿呢！他妈的，多咱找几个有钱的娘儿们当靶子。"

"好小子，你是说当那个靶子，还是说当这个靶子？哈哈！"这老家伙又喝的楞子眼了。"你这小子当保镖的倒合适。"

"你大叔提拔我才行哪。要不然，我就老把你这脑袋当靶子。"

他一听叫他大叔，就是一盅。"成！你大叔给你荐个生意比打死个人还不费力呢！多咱我荐你到刘公馆去当保镖的——啊，想起来了，刘公馆那个五姨太太顶爱结实的小伙子……"他又吹开了。

那天真热！要住在屋子里边儿，人就算是蒸笼里边儿的饽饽哩。河沿子那儿有风吹着凉快。张老头儿吃了饭再谈一会儿才走，我也不想回到屋子里去，抽着烟坐在铁栏栅上面说闲话儿。坐到十二点多，风吹着脊梁盖儿麻麻酥酥怪好受的，索性躺在水门汀上睡了。我正睡得香甜，朦朦糊糊的像到了家，妈在哭，抽抽噎噎怪伤心的。哭声越来越清楚，咚的一声，我一睁眼，大月亮正和高烟囱贴了个好烧饼，一个巡警站在桥下打盹儿。原来做了个梦。他妈的半夜三更鬼哭！脑袋一沉，迷迷糊糊地又睡去了。

第二天傍晚儿咱们在乘凉时，啊，他妈的，一只稻草船的伙计一篙下去，铁钩扯上个人来！我死人见多了，咱们家那儿一句话说岔了，就得拔出刀子杀人，可没见过跳河死的。怕人哪！那儿还像十个月生下来的人？肚皮儿有水缸那么大，鼻子平了，胳膊像小提桶，扎一刀能淌一面盆水似的。我细细儿一瞧，原来就是钉棚里那个新来的小娼妇。她死了还睁着眼呢！天下还有比咱们拉车的更苦的！我回到屋子里去时，张老婆儿说道；"阿弥陀佛。前生没修呵！今生做娼妇。"我接着做了几晚上的梦，老见着这么个头肿脑胀的尸身。这么一来我真有三个多礼拜不去看花鼓戏——看了又得往钉棚跑呀！往后渐渐儿的到了冬天，兴致也没了，才不去了。

冬天可又是要咱们拉车的性命的时候儿。我先以为冬天成天的跑不会受冷，至不济也比热天强。他妈的，咱们拉车的一年三百六十五天没一天是舒泰的。北风直吹着脸，冷且别说它，坐车的爱把篷扯上来，顺着风儿还好，逆着风儿，那腿上的青筋全得绷在皮肉上面，小疙瘩似的。上桥可真得拼命哪！风儿刮得呼呼的打唿哨。店铺的招牌也给吹得打架，吹飞顶帽子像吹灰，可是咱们得兜着一篷风往桥上拉，身子差一丁点贴着地，那车轮子还像生了根。一不留神把风咽了口下去，像是吞了把刀子，从嗓子到肠子给一劈两半。

下雪片儿，咱们的命一半算是在阎王老子手里！下小雪也不好受，夹着雨丝儿直往脖子里钻，碰着皮肉就热化成条小河，顺着脊梁往下流；下大雪吗，你得把车轮子在那儿划上两条沟，一步儿刻两朵花才拉得动。就算是晌晴的蓝天吧，道儿上一溜儿冰，一步一个毛儿跟头，不摔死，也折腿。可是咱们还得拉——不拉活不了呀！咱们的活儿就像举千斤石卖钱，放下活不了，不放下多咱总得给压扁。今儿说不了明儿的事！我拉了两午车，穷人的苦我全尝遍了，老天爷又叫我瞧瞧富人的活儿啦。张老头儿跑来说道："孩子，快给大叔叩头。可不是？我早就说荐个人不费什么力！刘老爷上礼拜接着收到四封信要五十万，急着雇保镖。我给你说了，一说就成！你瞧，大叔没吹嘴不是？明儿别去拉车，大叔来带你去。孩子！哈哈，大叔没吹嘴不是？"他说着又乐开了。我一把扯着他到同福园去。

第二天我扎紧了裤脚。穿了对襟短褂儿，心里想着刘老爷不知是怎么个英雄好汉，会有这么多家产。吃了饭张老头儿来了，我把裤脚再扎一扎，才跟他走。刘公馆在静安寺路，离大华饭店不远儿。他妈的，可真是大模大样的大公馆，那铁门就有城门那么高，那么大。张老头儿一进门就谈开啦。他指着那个营门的巡警跟我说："这是韩大哥。"我一听他的口音是老乡。咱们就谈上了。号房先去回了管家的，才带着我进去。里边是一大片草地，那边儿还有条河，再望过去是密密的一片树林，后边有座假山，左手那边是座小洋房，只瞧得见半个红屋顶，这边是座大洋房。这模样儿要没了那两座屋子。倒像咱们家那儿山根。我走进一看那屋子前面四支大柱子，还有那一人高的阔阶沿，云堆的似的，他妈的，张老头儿没吹，站在上面像在冰上面溜，真是大理石的！左拐右弯的到了管家的那儿，管家的带了我去见老爷。他妈的，真麻烦！他叫我站在门外，先进去了。再出来叫我进去。真是王宫哪！地上铺着一寸多厚的毡子，践在上面像踩棉花。屋子里边放着的，除了桌子，椅子我一件也认不得。那个老爷穿着黑西装，大概有五十左右。光脑门，脑杓稀稀拉拉的有几根发，梳得挺光滑的，那脑袋吗，说句笑话儿，是汽油灯；大肚皮，大鼻子，大嘴，大眼儿，大咧咧的塑在那儿，抽雪茄烟。我可瞧不出他哪一根骨头比我贵。我打量他，他也打量我，还问我许多话，跟管家的点一点脑袋，管家的带我出来了。

到了号房，张老头儿伴着我到处去瞧瞧。车棚里一顺儿大的小的放着五辆汽车。我瞧着就吓了一跳。穿过树林,是座园子,远远儿的有个姑娘和一个小子在那儿。那个姑娘穿着件袍儿不像袍儿,褂儿不像褂儿的绒衣服,上面露着胸脯儿,下面磕膝盖儿,胳膊却藏在紧袖子里,手也藏在白手套里,穿着菲薄的丝袜子,可又连脚背带小腿扎着裹腿似的套子。头发像夜叉,眉毛是两条线,中国人不能算,洋鬼子又没黄头发。张老头儿忙跑上去陪笑道:"小姐少爷回来了?这小子是我荐来的保镖,今天才来,我带他来瞧瞧,"他说着跟我挤挤眼。他是叫我上去招呼一声。我有什么不明白的?我可不愿意赶着有钱的拍!咱小狮子是哪种人?瞧着那个小子的模样儿我就不高兴,脸擦得和姑娘一样白,发几像镜子,怯生生的身子——兔儿爷似的,他妈的!他们只瞧了我一眼,也没说什么。咱们兜了个圈子也就回来了。那天晚上我睡在号房里,铺盖卷儿也是现成的。

除了我,还有个保镖的,是湖南人,叫彭祖勋,倒也是条汉子。咱们两个。替换着跟主子出去。我还记得是第三天,我跟着五姨太太出去了一遭儿回来。才算雇定了。那五姨太太吗,是个娼妇模样儿的小媳妇子,那脸瓜子望上去红黄蓝白黑都全,领子挺高挺硬,脖子不能转,脑袋也不能随意歪。瞧着顶多不过二十五岁,却嫁个秃脑袋的——古话儿说嫦娥爱少年,现在可是嫦娥爱财神爷!有钱能使鬼推磨!他妈的!那天我跟着她从先施公司回来,离家还有半里来地儿,轧斯林完了。五姨太太想坐黄包车回去。我说:"别!我来把车推回家。"

"你独自个儿推得动吗?"那小娼妇门缝里瞧人,把人都瞧扁了。开车的也说还多叫几个人,我喝一声儿:"别!"收紧裤带,两条胳膊推住车,让他们上了车,我浑身一攒劲,两条腿往地上一点,腰板一挺,全身粗筋和栗子肉都蹦了起来,拍的一来,胸前的扣儿涨飞了两颗,一抬腿往前迈了一步,那车可动啦。一动就不费力了!我一路吆喝着,推着飞跑,来往的人都站住了瞧,跟了一伙儿瞧热闹的,还有人扯长怪嗓子叫好。到了家,我一站直,那小娼妇正在汽车后面那块玻璃里边瞧着我,老乡和两个号房,还有老彭都站在那儿看。老彭喝了声:"好小子!"

"你索性给推到车棚里去肥!"小姐原来刚从学校里回来,也跟在咱们后边儿,我倒没瞧见她。

"这小子两条胳膊简直是铁打的!"五姨太太跳下车来瞧着我。妈的,浪货！

"成！"我真的又想推了。咱老乡笑着说道："好小子，姑娘跟你说着玩儿的！"

"说着玩儿的？"他妈的，咱小狮子是给你打哈哈的？小姐问我叫什么，我也不理她，回到号房里去了。

"还是弯巴子哪！五姨，咱们跟爹说去，好歹留下这小子。"

这么着，我就在那儿当保镖的了；成天的没什么事做，单跟着主子坐汽车，光是工钱每个月也有五十元。只在第八天傍晚儿出了一遭儿岔子。我把老爷从厂里接回来，才到白利南路，你知道那条路够多冷僻，巡警也没一个。已是上灯的时候儿，路旁只见一株株涂了白漆的树根，猛的窜出来四五个穿短裈儿的想拦车，开车的一急就往前冲，碰的一枪，车轮炸了。车往左一歪，我一机灵，掏出手枪，开了车门，逃了下来，蹲在车轮后面，车前两支灯多亮，我瞧得见他们，他们瞧不见我。我打了一枪，没中。他们往后一躲，嚷了声："有狗，"呼的回了一枪，打碎了车门上的厚玻璃，碎片儿溅在我的脸上，血淌下来，我也不管，这回我把枪架在胳膊上，瞧准了就是一枪。一个小子往后一扑，别的扶着跑了，嘴里还大声儿的嚷："好狗！打大爷！"第二天赏了我二百元钱，我拿着钱不知怎的想起了那个小子的话："有狗！"他妈的。老子真是狗吗！可是绑票的还没死了这条心，隔了不上一礼拜，五姨太太给绑去了。老彭忘了带枪——是他跟着去的，赤手空拳和人家揪，给打了三枪。五姨太太算出了八万钱赎了回来。那娼妇真不要脸，回来时还打扮的挺花梢的，谁知道她在强盗窝里吃了亏不曾？可是老爷，他情愿出这么多钱的忘八！老彭在医院里跑出来，只剩了一条胳膊，老爷一声儿不言语，给了五十元钱叫走，就算养老彭一辈子，吃一口儿白饭，也化不了他多少钱，他却情愿每年十万百万的让姨太太化，不愿养个男儿汉。我真不知道他安的什么心眼儿！还有那个老太太，我也不知还比张老太婆儿多了些什么，成天在家里坐着，还天天吃人参什么的，三个老妈子服侍她一个；张老太婆儿可还得挤簇着老花眼缝破丁。都是生鼻子眼儿的，就差得这么远！

他们和咱们穷人真是两样的，心眼儿也不同。咱们成天忙吃的穿的，他们可活得不耐烦了，没正经的干，成天的忙着闹新鲜玩意儿还忙不过来。看电影哪，拍照哪，上大华饭店哪，交朋友哪，开会哪，听书哪——玩意儿多着哪。那小姐吗，她一张脸一个身子就够忙。脸上的一颗痣我就弄不清楚，天天搬场，今儿在鼻子旁，明儿到下巴去了，后儿又跑到酒窝儿里边儿去了，一会儿，嘴犄角那儿又多了一颗了。衣服真多，一会儿穿这件，一会儿穿那件，那式样全是千奇百怪的，张老头儿真的没扯牛，有一次她上大华饭店去，真的穿了双银的高跟儿皮鞋。老乡说她的袜子全得二十五元一双呢。咱们拉车的得拉十天哪！少爷也是这么的，今儿长褂儿，明儿西装——还做诗呢！

咱们见下雪了就害怕，他们见下雪了就乐。拿着雪扔人。我走过去，冷不防的一下扔了我一脸。我回头一看，那小姐穿得雪人似的，白绒衫，白绒帽，还在抓雪想扔我。拿老子取乐儿？我也抓了一团雪一晃，她一躲，我瞧准了扔过去，正打中脖子。少爷和五姨太太全在一旁拍手笑开了。他们三个战我一个，我真气。我使劲地扔，少爷给赶跑了。五姨太太跌在地上，瞧着笑软了，兀自爬不起来。我抓了雪就赶小姐，她往假山那边儿跑，我打这边儿兜过去。在拐角上我等着，她跑过来撞在我怀里，倒在我胳膊上笑。我的心猛的一跳。她老拿男子开玩笑，今儿爱这个，明儿爱那个，没准儿，现在可挑上了我。少爷也是那么的，他爱着的姑娘多着哪，荷包里有的是钱，谁不依他。玩儿的呀！可是咱小狮子是给你开玩笑的？我一绷脸，一缩胳膊，让她直撅撅地倒在地上。走我的！她自己爬了起来，讨了没趣儿，干瞪眼。

这还不新奇。有天晚上我在园子里踱。月亮像圆镜子，星星——像什么？猛地想起来了，玉姐儿的眼珠子！我的心像给鳔胶蒙住了，在小河那边猛狐丁地站住了，愣磕磕地发怔。山兜儿的那边儿有谁在说话。我一听是少爷的声气：

"青色的月光的水流着，

啊啊山兜是水族馆……"

那小子独个儿在闹什么？我刚在纳罕，又来了一阵笑声，还夹着句：
"去你的吧！"是五姨太太！好家伙！猛的天罗地网似的来了一大嘟噜，架也架不开，是那小娟妇的纱袍儿，接着不知什么劳什子冲着我飞来，我一伸手接住了，冲着脸又飞来一只青蝴蝶似的东西，我才一抬手，已搭拉在脸上了，蒙着眼，月亮也透着墨不溜湫的，扯下来一看，妈的，一只高跟皮鞋，一双丝袜子！拿小娟妇的袜子望人家脸上扔，好小子！

"袒裸的你是人鱼，

啊啊你的游泳……"

什么都扔过来了!

"嘻——呀!……"

在喘气啦!睡姨娘,真有他的!可是不相干,反正是玩儿的!他们什么都是玩儿的:吃饭是玩儿的,穿衣服是玩儿的,睡觉是玩儿的……有钱,不玩儿乐又怎么着?又不用担愁。一家子谁不是玩儿乐的?小姐,少爷,姨太太,老太太都是玩儿过活的。不单玩玩就算了,还玩出新鲜的来呢!没早晚,也没春夏秋冬。夏天屋子里不用开风扇,一股冷气,晚上到花园去,冬天吗,生炉子,那炉子也怪,不用生火,自家儿会暖。他们的冷暖是跟市上的东西走的,卖西瓜冰淇淋了,坐篷车,卖柿子,卖栗子了,坐跑车,卖鸡呀鸭的吃暖锅了坐轿车。咱们成年的忙活儿,他们成年的忙玩儿。那老爷吗,他赚钱的法儿我真猜不透。厂里一礼拜只去一遭儿,我也不见他干什么别人不会干的事,抽抽雪茄,钱就来了。他忙什么?忙着看戏,玩姑娘哪!他这么个老头儿自有女人会爱他,全是天仙似的,又年轻,又漂亮,却情情愿愿地伴着他。家里有五个姨太太,外面不知有多少,全偷野老儿,自家儿绿头巾戴的多高,可满不在乎的。有个拍电影的段小姐真是狐精。他顶爱她。一礼拜总有两次从天通庵路拍电影的地方接到旅馆里去。她身上的衣服,珠项圈……什么不是他给的呀!说穿了她还不是娼妇?钉棚里的娼妇可多么苦?还有这么乐的,我真想不到。少爷也看上了她了。那天我跟了他到段小姐家里,他掏出个钻戒叫我进去给她,说老爷在外面等着。那小娼妇——你没瞧见呢!露着白胳臂,白腿,领子直开到腰下,别提胸脯儿,连奶子也露了点儿。她进了汽车,一见是少爷,也没说什么话。车直开到虹桥路,他们在一块草地上坐下了,我给他们望风。那草软软儿的像毛巾,什么事不能干哪!他们爷儿俩真是一对儿,大家满不在乎的,你玩你的,我玩我的,谁也不管谁。别说管儿子,那小娼妇看上我身子结实,要他吩咐我去伴她一晚上,他也答应哩。那小娼妇拿身子卖钱,倒玩起我来啦。可是牛不喝水强接头,他叫我去我不能不去。我存心给她没趣儿,谁知道,妈的,她真是狐精!那时正是热天。她穿的衣服,浑身发银光,水红的高跟儿缎鞋,鞋口上一朵大白绸花儿,紫眼皮儿一溜,含着笑劲儿,跟我说话儿。我口渴,喝了一杯洋酒。这一来可糟了!她往我身上一坐,一股子热嘟嘟的香味儿直冒。我满想不理她，可是那酒就怪，喝了下去，热劲儿从我腿那儿直冒上来，她回过头来说道："别装正经，要个嘴儿呀！"她攒着嘴唇迎上来。好个骚狐精，那娇模样儿就像要吞了天，吞了地，妈的吞了我！她的奶子尖儿硬啦，像要刺破薄绸袍儿挺出来似的，我一撕，把她的袍子从领子直撕下去——什么看不见呀！妈的，浪上人的火来了。冷不防地她跳起来，逃开了，咬着牙儿笑。我一追，她就绕着桌子跑。死促狭的小娼妇，浪上人的火来，又逃着逗人？我跑又不能跑，她还在那儿笑着说道："一般急得这个样儿，还装正经！"我急了托地一蹦，从桌子这边儿跳到那边儿，……他们连这件事也能闹这许多玩意儿。那小媳妇子胸脯儿多厚，我一条胳膊还搂不过来，皮肉又滑又自，像白缎子，腿有劲，够味儿的！我闹得浑身没劲，麻麻酥酥怪好受的睡去了。

半晚上我猛的醒回来，一挪手正碰着她。月光正照在床上，床也青了，她像躺在草上的自羊，正睡得香甜。不知怎么的我想起了跳河死的那个小娼妇，就像睡在我旁边似的。我赶忙跳起来，往外跑，猛想起没穿衣服，赶回来找衣服，一脚踩在高跟鞋上面，险些儿摔了个毛儿跟头。他妈的，真有鬼！衣服什么的全扔在地上，我捡了自家穿的，刚穿好，她一翻身，像怕鬼赶来似的，我一气儿跑了回来。往后我见了她，她一笑，我就害怕。咱小狮子怕她！我自家儿也不明白是怎么一会儿事。

我在那儿当了一年半保镖的，他们的活儿我真瞧不上眼。我有时到张老头儿家里去，瞧瞧他们，回来再瞧瞧老爷少爷，晚上别想睡觉。不能比！瞧了那边儿不瞧这边儿，不知道那边儿多么苦，这边儿多么乐。瞧了可得气炸了肚子！谁是天生的贵种？谁是贱种？谁也不强似谁！干吗儿咱们得受这么些苦？有钱的全是昧天良的囚攮。张老头儿，他在主子家里拉了十多年，小心勤苦，又没短儿给他们捉住了，现在他主子发财了，就不用他了。这半年他嘴也不吹了，我去瞧他时，他总是垂头丧气地坐在家里。他这么老了，还能做什么事？我去一遭儿总把几个钱给他。他收了钱，就掉泪："多谢你，孩子！"他们两老夫妻就靠这点子钱过活，张老婆儿晚上还干活儿呢，一只眼瞎了！可怜哪。有一次我到那儿去，张老头儿病在床上，张老婆儿一边儿念佛，一边儿干活。她跟我说道："孩子哇！大米一年比一年贵，咱们穷人一年比一年苦。又不能吃土。现在日子可不容易过哪！前儿住在前楼的一家子夫妻俩带着三个孩子，男的给工厂里开除了，闲在家里。孩子们饿急了，哭着嚷，那男的一刀子捅了那个大孩子的肚子，阿弥陀佛，肠子漏了，血直冒。女的赶上去抢刀，他一回手道：'你也去了吧，'劈了她半只脑袋。等他抹回头往自家儿肚子撩，阿弥陀佛，那女的眼睁着还没死透，瞧着孩子在哭，丈夫拿刀子扎自家，一急就拼着血身往刀口一扑，阿弥陀佛，半只脑袋正冲着刀锋，快着哪，像劈萝卜似的劈下半个脑盖来！阿弥陀佛！他一瞧这模样儿痛偏了心，拿着刀子疯嚷嚷的往外跑，见了穿长褂儿的先生们就剁，末了，阿弥陀佛，把自家儿的心也摘出来了！留下两个孩子，大的还不到八岁，小的还在地上爬呢。等人家跑进去，那个小的正爬在地，解开了他妈的扣儿，抓着他妈的奶子，嚷着哭哪！阿弥陀佛……"她那只瞎眼也淌泪。我怎么听得下去？脑袋也要炸了！以后我真怕到那儿去。

咱们简直不如小姐的那只狗哪！妈的，我提起那条白西洋狗就有气。真是狗眼瞧人低，瞧见小姐会人似的站直了，垂着两条前腿摆尾巴，见了咱们吗。对你咕咕眼，吆唤了两声夹着尾巴跑了。每天得给它洗澡，吃牛肉，吃洋糖，吃冰淇淋，小姐吃的都有它的份——妈的，咱们饭也没吃的呢！我也不管小姐在不在，见了它就踹。

我做到第二年夏天真做不下去了。小姐老缠着我。我知道她恨我，可又不愿意叫我走。她时常逗我，猛地跑来躲在我怀里，不是说给我赶那只狗，别让走近来，就说你挟着我回去吧，我脚尖儿跑疼了。我故意不把她放在眼里。爱女人？我没那么傻！压根儿爱女人就是爱××××× 现在要是玉姐儿来逗我，也许会爱她。除了玉姐儿，我眼里有谁？你知道她要玩个男子，谁肯不依她？生得俏，老子有钱，谁不愿意顺着杆儿爬上去？我可是傻心眼儿。咱小狮子顶天立地的男子汉，给你玩儿乐的？你生得俏，得让老子玩你，不能让你玩我。我给你解闷儿吗？我偏给她个没趣儿。她恨得我什么似的。那狗入的小娼妇时常当着大伙儿故意放出主子的架子来怄我。我可受不了这份罪！这几个钱我可不稀罕。

那天我到张老头儿那儿去，离吉元当不远儿，聚着一大堆人，我挤进去看时，只见一个巡警站在那儿，地上躺着个老婆儿。脸全蒙着血，分不清鼻子眼儿，白头发也染红了，那模样儿瞧着像张老太婆儿。旁边有两件破棉袄儿也浸在血里。我一问知是汽车碰的，当下也没理会，挤了出来，到张老头儿家里。他正躺在床上。又病了！这回可病得利害，说话儿也气喘。我问张老太婆儿哪儿去了。

"啊，孩子！"他先淌泪。"我病了，她拿着两件破袄儿去当几个钱请大夫。去了半天啦，怎么还不见回？天保佑，瞎了一只眼，摸老瞎似的东碰西磕别碰了汽车……"

我一想刚才那个别是她吧，也不再等他说下去，赶出来，一气儿跑到那儿，大伙儿还没散，我细细儿的一瞧，可不正是她！我也不敢回去跟张老头儿说。我怎么跟他说呢？

我掩着脸跑到家里。老乡一把扯住我说："你到哪儿去来着？哪儿没找到？老爷等着使唤你，快去！"我赶忙走进去，半路上碰着了老爷，五姨太太，和小姐。我一瞧那模样儿知道又要出去兜风了。妈的，没事儿就出去兜风，咱们穷人在汽车缝子里钻着忙活儿呢！老爷见了我就大咧咧地道："你近来越加不懂规矩了，也不问问要使唤你不，觑空儿就跑出去。"滚你妈的；老子不干。我刚要发作。小姐又说："呀！我的鞋尖儿践了这么些尘土！你给我拭一拭净。"

"滚你妈的！"

老爷喝道："狗奴才，越来越像样了。我没了你就得叫绑票给绑去不成？你马上给我滚！"

我也喝道："你骂谁呀？老子……"我上去，一把又住他，平提起来，一旋身，直扔出去。小姐吓得腿也软了，站在那儿挪不动一步儿。我左右开弓给了她两个耳刮子；"你？狗入的娼妇根！想拿我打哈哈？你等着瞧，有你玩儿乐的日子！咱小狮子扎一刀子不嚷疼，扔下脑袋赌钱的男儿汉到你家来做奴才？你有什么强似我的？就配做主子？你等着瞧……"

谁的胳膊粗，拳头大，谁是主子。等着瞧，有你们玩儿乐的日子！我连夜走了。

1930 年 8 月 1 日

生活在海上的人们

出去的三十多对船只回来了五只。

> 嗳啊，嗳啊，嗳……呀！
> 咱们全是穷光蛋哪！
> 酒店窑子是我家，
> 大海小洋是我妈，
> 赊米赊酒，赊布，柴，
> 溜来溜去骗姑娘——
> 管他妈的！滚他妈的！
> 咱们全是穷光蛋哪！
> 嗳啊，嗳啊，嗳……呀！

　　三百多人这么唱着去的；唱着回家的只我们三十多个啦。凭空添了几百没丈夫的小媳妇没儿子的老头儿，老婆儿，没爹的小兔崽子——天天晚上听得到哭声！恩爱夫妻不到冬，他妈的，翠凤儿好一朵鲜花儿，青青的年纪就变了寡妇咧！她没嫁给老蒋的时候儿，本来和我顶亲热的，我也顶爱她的；可是，女人这东西吗，压根儿就靠不住，三不知的嫁了老蒋了。两小口儿一条线儿拴俩蚂蚱，好得什么似的，倒把我生疏了——天知道，我可哪里忘得了她！咱们动身的那天，老蒋还和她没结没完的谈了半天。他妈的，谁知道呀，老蒋这会儿却见了海龙王啦。

出岔子的三十多对船全是大脑袋蔡金生的；咱们这儿的船多半是他的。咱们这儿只这么大一块地方儿，四面全是海，来回不到八十里地儿。他简直在这儿封了王。谁敢冲着他出一口大气儿？公仓是他的，当铺子全是他开的，十八家米店他独自个儿开了十五家。酒店又多半是他的。咱们三万多人，晒盐的，捉鱼的，哪一个不吃他的，喝他的。他要咱们死，咱们就得死！巡官，缉私营，谁不奉承他？他家里还养着二十多个保镖的，有几十枝枪呢！那狗入的乡绅，冯筱珊，村长邵晓村他们也是和他一鼻孔出气的。他们家里不说别的，就女人，大的小的，也弄不清楚究竟有多少。咱们的姑娘，只要他们看上了，就得让他们摆布。谁敢哼一声儿，回头就别想做人！妈的冯筱珊那老不死的就是刁钻古怪的鬼灵精儿，专替他们打主意。妈的这伙儿囚攮的咱们三万多人没一个不想吃他的肉！

我回来了五天，没一天没人哭到大脑袋家里去，向他要钱养老。你猜那狗入的怎么着呀？干脆把人家摔出来！李福全的妈就给摔伤了腰，躺在家里，瞪着眼儿干哼唧。咱们半条性命在自家儿身上，半条性命在海龙王手里边儿的替他捉鱼，让他发财，翻了船死了，扔下一大堆老的，小的，他一个大也不给，叫咱们心里边儿能不把他恨到了极点吗？咱们还算是好的，还有他们烧盐的咧。你们知道盐是怎么来的呀？有的是烧的，有的是晒的。一只芦席编的搭了湿土的大锅子放在那儿烧，锅子里边儿是海水。烧盐的光着身子，一个心儿瞧着锅底，一漏就得让人家抬着往火里送，把手里边儿的湿土按在那儿了才能出来。你说呀，干这营生的谁又说得定什么时候死哪！晒盐的也要命，一天天的海水，一天天的太阳，不知道流了多少汗，才晒成了这么二百多斤盐。他妈的公仓不开——公仓已经好久不开了！这几天米店不赊账了，说是没米啦。他妈的，没米？那伙儿狗入的吃什么的呀？左归右归还不是要咱们的命罢咧。再这么过一个月，谁也别想活得了！

可是，也有说他好的人。找的哥子就是一个。咱们俩虽说是一娘养的哥儿，可是我就和他合不上来。他是在大脑袋家里当听差的，早就娶了媳妇：我不和他在一块儿住。那天我跑到他家去，他跟我说道："老二，你说呀，他妈的那伙儿家伙，平日吃老爷的，喝老爷的，就不替老爷着想。这回老爷翻了这许多船，还哭到他家里去要养老钱。死了不就结了？还要什么抚恤？今儿石榴皮的媳妇来过了。我说老爷的心眼儿太好，压根儿就别用理她。"

这话你说我怎么听得进去，又要跟他抬杠儿啦。我的嫂子还说道："那小媳妇子，人不像人，也守寡咧！那天我向她借条裙到前村喝喜酒去，她左推右推，归根儿还是不肯。今儿做了寡妇，我才痛快哩！"我瞧着她那副高兴的模样儿，那张势利脸，就一股子气劲儿往上冒，想给她个锅贴。人家死了丈夫，她心里边儿才痛快呢！我刚要发作，她又说道："干脆给我当婊子去就得啦！没钱守什么寡？"她冷笑了一声儿。"死了倒干净呢！她也像守寡的吗？谁希罕她活着？谁又把她当人呀……"

我一股子气劲儿直冒到脑门，再也耐不住了。

"滚你妈的！谁是人谁又不是人？大脑袋算是人吗？你这娼妇根也像是人吗？"我一拍桌子，站了起来，喝道。

她先怔住了，我气呼呼地往外走。她跳起来就骂，赶了上来，给老大拦回去了。

"别撒你妈的泼！老大怕你这一套儿！我也怕你吗？我怕得了谁？"

她一推老大，还想赶上来。

"你来？"我亮出刀子来；我杀人杀多了。"你来，老子不宰了你！"

那泼辣货还是拍手顿脚的一个劲儿骂。我也不理她，揣上刀子走我的。那天晚上好月亮，不用摸着黑儿走。我跑到小白菜那儿喝酒去。黄泥螺也在那儿。咱们真的没地方儿去，不是逛窑子，就是上酒店，总得喝得愣子眼儿的，打架淌了血回来。有钱斗纸花，没钱的时候儿就干瞧着人家乐；除了，这叫咱们怎么过活？钱又不会从天上掉下来的；眙着眼干发愁，还不如灌饱了黄汤子，打一阵子，扎一刀子，淌点儿紫血就完咧。

过一回儿，陈海蜇也来了。

> 小白菜生得白奶白胸膛，
> 十字街上开酒坊；
> 老头儿现钱现买没酒吃，
> 我后生家没钱喊来尝。
> 小老儿肚子里边气冲火，
> 酒壶摔碎酒缸边；

我年轻的时候儿没钱喝白酒，

如今人老珠黄鸡巴不值钱！

他这么唱着进来，大伙儿全叫引笑了。他也咧着嘴傻笑。"喂，小白菜，给拿酒来！"他在我们的桌上坐下了。

"嘻，你这人，欠了三千六，今年还没见过你半个子儿唠。"小白菜来了，卖俏不像卖俏，半真半假的白着眼儿。"咱们这儿不赊酒给穷小子！"

"老子今儿不单要赊你的酒，还要赊你的窟窿唠！"他乐开了，跟左手那边儿那个小老头儿说道："王老头儿，你说，这话对不对？"

"嗳……嗳……"王老儿乐得合不上嘴来，一个劲儿嗳。

"嗳你妈的！还嗳呢！谁跟你咸呀淡的！小白菜，快拿酒来！"

"蔡老板说的，你的盐板早就完了，不能再赊给你。"小白菜回身走了。

"滚他妈的老板！真的行不行？"

"不行。"

"成！瞧老子的！"他亮出刀来，嚓的声儿插在桌上。"行不行？"

"你瞧，跟你说着玩儿的，就急得这个模样儿了！"小白菜赶忙拿出烧酒来，把笑劲儿也拿出来。

陈海蜇一条腿跷在凳上，一口气儿喝了半杯，往桌上噔的一拳。"蔡老板！他妈的，多咱老子不割下他的大脑袋来当酒杯！谁搁得住受那份儿罪！半年不开仓了，米店不赊账了，连小白菜也扭扭捏捏的了。臊他妈的，简直要咱们的命唠。老马，你说呀，谁又活得了？咱们烧盐的，晒盐的先不提，你们捉鱼的活得了吗？你瞧，你瞧这遭儿死了二三百人，扔下一大嘟噜小媳妇子，小兔崽子，老婆子，老头子，大脑袋他妈的出过半个子儿没有？"他一回头在王老儿肩上打了一下；王老儿往后一坐，差点儿往后跌了个毛儿跟斗。"就说你们庄稼人吧。你们活得了吗？那妈的邵晓村，闹什么沙田捐呀，鸡巴捐呀，就差睡姑娘，生儿子没要捐——他妈的，反正是要咱们的命罢唠。"

"可不是？咱们小百姓准得饿死唠。这年头儿，我也活了六十多年了，就没碰见过这种年头儿！狗急跳墙，人急造反，我老头儿也想造反唠。"王老儿也拍了下桌子，气虎虎的，那神儿怪可笑的。

谁又不想造反呀？真是的。

"再这么过一个月，大伙儿再不造反，他妈的，我就独自个儿干！老子不希罕这条命！"你瞧那神儿！说着玩儿的呢！真会一下子造起反来的？

"别说废话啦，明儿晚上的事儿怎么了？"黄泥螺问他道。

"成！有四十多人——喂，老马，你干不干？"

我明白准是运私盐到县里去。

"是带'私窝儿'上县里去吗？"

"对！"

"干！杀人放火我都干！我有什么不干的！"我把酒杯往桌上一砸，说道："明儿要再碰着'灰叶子'，他妈的，咱们就拼个白刀子进，红刀子出，反正是活不了！"

你明白的，灰叶子就是缉私营。他妈的，大脑袋那狗入的，这儿故意按着公仓不开，又不许人家运"私窝儿"，怪不得县里的盐卖这么贵。那因攘的只知道独自个儿发财，就不管人家。

我喝得舌头硬撅撅的才跑出来；陈海蜇还在那儿跟小白菜胡闹，一定要赊她的窟窿。

> 山歌要唱偷私情，
> 喝酒要喝绍兴陈，
> 摸奶要摸十八九岁牡丹奶，
> 亲嘴要亲弯眉细睛红嘴唇。
> 红嘴唇来白掣腮，
> 又贪花色又贪财；
> 贪财哪有贪花好？
> 野花香来夜夜开！

我嘴里边儿这么哼着往窑子那儿跑。刚拐弯跑进那条太平胡同，只见前面有个穿西装的小子。我是想到小金花家去的，他妈的，谁知道那小子也在那儿停住了，侧过身来敲门。他妈的，果然是邵晓村——我早知道除了邵晓村那家伙，就没人穿西装的。他敲开了门进去了。一会儿门呀的又开啦，出来了大饼张。他嘴里咕囔往胡同的那边儿走去，也没瞧见我。好小子子，给撵出来了！我不高兴到别家去，一回身就走。我可真有点儿喝多了酒，眼珠子也有点儿蒙蒙糊糊地瞧着前面一棵树，还当是邵晓村了——妈的，你瞧，那家伙嘴上养着一朵小胡髭，架着眼镜儿，一张瘦脸瓜子，两只乌眼珠子在眼镜儿后边儿直冲着我咕噜咕噜的转。滚你妈的！我一刀子扎去，正扎在他脸上。他嚷也不嚷一声儿。我的刀子雪亮的在黑儿里边儿哆嗦，哪里有什么邵晓村呀！

我拔了刀子沿着海滩往家走。大月亮正在脑袋上面，照在海上直照几里远。远远儿的有几只刁船在那儿，桅杆就像是个高个儿的瘦子，瘦影子在水面一晃一晃的像蛇。浪花儿尽往沙上冒，哗哗的吐白沫儿。月亮在我的后边儿，影子在我的前面；月亮跟着我，我跟着影子——嘻，妈的，你瞧她老比我快一步儿！一拐弯，我转到山根那边上，只见一个影子一闪，咚的一声儿。是谁跳了海啦！多半是死了儿子的老婆儿。我一扔褂子，一耸身往漩涡那儿钻去。我抓住了那家伙的发儿，扯了上来。是翠凤儿！我让她平躺在沙滩上面；她的衣服全湿透了，平躺在那儿，一动不动的。我往她身上一阵按，她那软软儿的身子——我按着按着，她给我按得胸脯儿一高一低的。气越喘越急，腮帮儿也红啦，我自家儿可按得心里边儿有点儿糊糊涂涂的啦。还好没喝多水，她哇的一声儿醒过来了。她坐起身来，望了望我，哭起来啦，哭得抽抽咽咽的。他妈的，你哭你的，可教我怎么着呀？陪着你哭不成？我站在一旁愣磕磕地瞧她哭。他妈的。一个湿身子，衣服全贴在身上——我有点儿爱她呢！我本来是爱她的，嫁了老蒋，才不好意思再爱她了。老蒋，那家伙，把个花朵儿似的媳妇扔在家里，自家儿到龙王宫里去乐他的！我真舍不得让她哭，可是也没法儿。她哭了一会儿，站起来。一边哭，一边走，把我扔在那儿。我跟了上去。

"翠凤儿，我送你回家吧？"

她不做声，我也不言语，陪着她往回里走。那道儿真远，走了半天还没走了一半。她哭着哭着也不哭了。我傍着她走，越走越爱她，越走心里边儿越糊涂。

月子弯弯照九州，
我陪着你在山道儿上走；

看到你胸前奶子兀兀抖，

我马儿不由心难收……

我瞧了瞧她。她低下脑袋笑。

"谁教你救我的呀？我自家愿意死，干你吗事！"

"鳞花儿掉在水里！我怎么舍得……"

"呸！"她忍着半截哭劲儿啐我道。

"翠凤儿，你的衫子全湿透了，你瞧！"我往她胸脯儿上按。

"呸，别缺德了……"

我抱住了她……滚他妈的老蒋，我可管不了这么多！你瞧，我捉住了一条美人鱼！

我回家的时候儿日头刚冒嘴，一觉直睡到晚上，好香甜。醒来时已经不早了。我揣着刀子，先到船上去守着。我躲在舱里边，探出半个脑袋来瞧着。今儿晚上有风，海在发气啦。雾也够大的。好天气！运"私窝儿"，就要这么的天气。好一会儿他们才悄没声地挑着盐包来了。陈海蜇脑门上绑了条布，碰了"灰叶子"，给打破的。

咱们一伙儿十多只小船开了出去。陈海蜇，麻子和我在一条船上。我是划船的。浪多高，大山小山。咱们一会儿上山，一会儿下山。我划船的本事就大，只一桨，就到山顶上去啦。海里边只听见浪声；浪花儿一个接着一个，黑压压的尽扫过来。

猛的麻子悄悄儿地说道："缉私船来啦！留神！"

那边儿雾里边儿有一只桅灯正在向这边儿驶来。他们多半是听见了咱们的打桨声。有人在那儿喝道："谁呀！停下来！"接着就是"嘭"的一声枪！幸亏今儿晚上雾大，他们还瞧不见我们的船。

"别做声！"陈海蜇悄悄儿喝道，亮出了刀子，望着那只鬼鬼啾啾的桅灯。

我攒一股子劲，身子往后一倒，又往前一扑，打了两桨，往斜里蹿出了三丈多远，又往前驶去。浪花儿哗啦哗啦的溅到船里来；我们在缉私船的前面了，还有十多只船全跟在我们后边儿。

我们走了半里路，只听得后面碰碰的两枪，有谁喝了声儿："停住！"我们往后一看，只见隔一丈路有一只船，顶后面的几只看不清了，不知谁给拦住啦。到了县里，我们从后山上岸，排小道儿走到石桥镇去，悄没声地走。离石桥镇没多远，一边是田，一边是河，田里边儿猛的蹿出一张狗脑袋来，叫了一声儿。黄泥螺扑上去，一把抓住那狗嘴，只见刀光一闪，连人带狗滚在田里边，也没听见一声儿叫。黄泥螺再跑出来时，浑身是泥。我们从田里抄过去，悄悄儿的各走各的，摸着黑儿跑到黑胡同里，敲开人家的门做买卖。

只一晚上，我们带去的"私窝儿"全完了。

早上，天没亮透，我们分着几伙儿回到船里，摇着船往家里走。钱在咱们荷包里边儿当啷当啷的响，《打牙牌》，《十八摸》也从咱们的嘴里边儿往外飞。得乐他妈的几天哩！到了家，一纳头便睡。晚上我买了一匣香粉，一瓶油，到翠凤儿家里去。她头也没梳，粉也没擦，见了我有点儿难为情。她说昨儿晚上抓住了一只船，三个人，石碌碡也在里边儿；船给锯断了，人今儿在游街。她知道我昨儿晚上也在那儿干这勾当，便说道：

"你也得小心哪！"

"管他呢！我怕谁？"

"你累不累？"

"我不累，可是厌了……"

"厌了什么呀？"

"摇船摇厌了，想换个新鲜的。我想推车。"

他妈的，我推车的本领真大，从地上直推到床上。她说我像牛。我真像牛，像牛在推车，车在铺子上，牛也在铺子上。你说怪不怪？末了，车一个劲儿的哼唧，牛也只会喘气。累也忘了，愁也忘了！

接着五六天，白天睡觉，晚上当牛。钱又完啦！我到老大那儿去借钱。刚走到上庄，还没到大脑袋家，远远儿地瞧见一大伙人在那儿笑着闹。老大还站在门口那儿，指手划脚地骂道："滚你妈的，没天良的狗子们！老爷没向你们要船，你们倒向老爷要起人来啦！还有王法吗？前儿抢了米店，今儿索性闹到这里来了！"

我一瞧就知道是那伙儿死了丈夫，没了儿子的。他妈的，你瞧，咱们老大那神儿！狗奴才！还向他借钱吗？我可不干！

大伙儿闹起来了。

有人拿石子往老大身上扔。

"冲进去!"有人这么嚷道。

门开啦,抢出二十多个小子来,拿着枪就赶。大伙儿往外退,挤倒了好几个孩子,给践在脚下。一片哭声!我拿起脚下的一块大石头扔过去,正扔在老大脑勺上。他往前面倒。他妈的,老子回头不搠你百儿八十个透明窟窿!狗入的!我管你是谁?

我可不能再往下瞧,再瞧下去脑门也得气炸啦。我跑到小白菜那儿喝酒去。麻子,黄泥螺都在那儿。咱们好几天没碰着了。你一杯,我一杯的尽灌。

"老马,昨儿大支山又抢了一家米店,真的要反哩。"麻子说道。

"不造反怎么呀?我赶明儿把家里的马刀拿出来杀人去。他妈的,蔡金生,冯筱珊,邵晓村这伙儿狗入的家伙一个也别想活!"我真气。

过了一会儿,咱们三个人,一边喝酒,一边斗起纸花来啦。他妈的,我简直喝的不像样儿了,手里的牌,一张变了二张,全在那儿摇头晃脑的。这么着还能赢钱吗?我的钱,没多久就完啦。可是不知怎么的给我拿到了一副大牌,已经听张了,只要来只娥牌就可以和出五千一百二十道。我拼命地等着,他妈的拉也拉不上,打也没人打。黄泥螺坐在我下手,也是副大牌,也在那儿听张。我们俩全等急了,拉一张骂一张,睁着四只眼,一个心儿想和。好容易麻子拿着张娥牌往外一扬手,他就把牌往桌上一扔,喝道:"和啦!"

"慢着!"我也把牌放了下来,我娥牌从他手里抢了过来。他先一怔。回头看了一会儿我的牌,就说道:"为什么不早说?不给钱!"

"怎么能不给?"

"不给就不给!"

我一股气往上冲,酒性发作了。直往上冒。不知怎么的,我一瞧,他的脑袋也大了,像蔡金生。我拔出刀子来,噌的一声儿,连桌子带手掌儿,把他给钉住在那儿。

"拿出来,我说!"我直着眼儿,扯长了嗓子就嚷。他杀猪似的叫了一声儿。

"好家伙!"他瞪大着眼把刀子拔了出来,就往我身上扎。我一躲闪,的一下,一阵凉气,刀子扎在我左胳膊上面,在那儿哆嗦。我不嚷一声儿疼,拔出刀子来,紫血直冒。黄泥螺也亮出刀子来。咱们俩眼珠子都直啦!大伙儿围了上来瞧热闹,也没人劝。扎一刀子冒紫血,谁嚷疼就丢脸,谁胜了就谁有理,咱们这儿死几个人算不了一回事儿。反正巡警管不了。麻子给我们把桌子什么的一腿踹开了,腾出片空地来。我往后退了一步,黄泥螺也往后退了一步,刚要往前一冲,死拼在一起啦,陈海蜇跑来了,分开了看热闹的,一把扯住我就往外跑。"别!让我治治这小子!"

"你也来!"他又拖住了黄泥螺。

"滚你妈的,谁来劝架就打谁!"我们俩都这么说。

"别打你妈的!我高兴来劝打架吗?别累赘,跟我来!"

准是出了什么事咧。我们跟着他,跑到外边,麻子也跟了出来。我问他什么事,他一个劲儿嚷:"造反。"成!要造反,我有什么不干的!我们直跑到山顶东岳宫前面那块坪子上面,跑得气都喘不上来。四面都有人在望风。黑压压的在那儿有十多个人。他妈妈的呀!我喜欢得要跳起来。大饼张,陆耿奎,带鱼李,他妈的,从前咱们这儿的渔××××长,盐××××长,农××××长,一古脑儿全在这儿了。我胳膊上还淌血,从土裤儿上割下一条布来,绑在那儿,忙着嚷道:

"怎么个闹法呀!"

"悄悄儿的,别做声!听唐先生说!"带鱼李说道。

唐先生也在这儿呢!还是从前打县里来的,教我们组织渔×××什么的那个唐先生!他年纪还轻哩,心眼儿顶好的。生得挺大方的。我满心欢喜的,哪里能听得他们的话呀。他们你一句,我一句的还没说完呢。

往底下望去,上庄大小支岔那儿一片灯火,海面有雾,数不清的桅灯,萤火虫似的在那儿闪呀闪的,远远儿的能看到在黑儿里往上冒的浪,听得见唏哩哗啦的浪声。

"明儿非杀了大脑袋不成!"

"他妈的,一刀子结了他,倒便宜了那狗入的,老子就想咬他一口儿呢!"

"听着,呃!我已经把条件想好了,我们明儿别杀他,要他答应我们的条件。杀了他,一则没什么用;二则要闹出大事来的。"这是唐先生在说话,不用看,听也听得出。

"管他妈的!杀了他又怎么样?造反就造反!我们管不了这么多!"

"不杀那家伙吗?不成!"

"冯筱珊，邵晓村那伙儿狗人的全要杀！"

大家又你一句我一句的争起来了。

"听着，呃！我把条件念一念。杀了他是不中用的，我们只要他答应就好了。"

大家慢慢地静了下来，一个心儿听着。唐先生念了一遍，大家又争了好久，才议定了。他妈的，陈海蜇又来了，他嚷道："还有蔡金生的媳妇女儿全拿出来让大伙儿戳！"你瞧他多得神儿！还以为自家儿说得真有理呢。

唐先生只望着他笑了笑。

我问带鱼李明儿怎么个闹法。他说道："明儿不是三十吗？大伙儿全到东岳宫来拜菩萨，咱们就趁势儿闹起来。不就成吗？谁又不想闹？明儿咱们派人分道儿去缴缉私营的枪，……啊，闹法多着咧，说也说不尽，全是唐先生想的。你单听他吩咐得了。"

"我干什么呢？"

"你到大脑袋家去捉人。"

嘻，他妈的，真想得不差。赶明儿不闹他个天翻地覆？咱们有三万多人哪！人在家中坐，祸从天上来，大脑袋哪知道明儿有人要捉他！我瞧着上庄大脑袋的家心里边儿乐得什么似的，顶好天立刻就亮，咱们马上就跑到大脑袋家去把他捉了来。

咱们散的时候儿，月亮已经在西边了，上庄那儿灯火也全熄了。陈海蜇跳起来抱着我，就腮帮儿上啧的一声儿亲了一下。咧着嘴笑开啦。黄泥螺跑过来拍了一下我的肩膀道："老马，咱们别再打他妈的架咧。"我们一路跳着回去。月亮也在笑哪！我本来想到翠凤家去的，回头一想，别去吧，去了明儿没劲。

我那天晚上直做了一晚上梦。那把马刀不知怎么的长了脑袋，摇摇摆摆地跑来叫我和他一块儿上大脑袋家去。迷迷糊糊的我好像在大脑袋家里拿着马刀和他对打，翠凤儿在一旁呐喊。我一刀砍去。他的脑袋飞在半空中，咕噜咕噜的转了半天，往我脑袋上一撞，就长在那儿了。他的脖子又长出颗脑袋来，我再一刀砍去，脑袋又飞了上来，长在我的脑袋上面啦。我跟他打了半天，脑袋上长了一大嘟噜的大脑袋，有屋子那么高。末了，索性连翠凤儿的脑袋也长在他的脖子上啦，怎么也砍不掉，那脑袋笑着嚷道："你砍呀！"

我真急了，陈海蜇却站在一旁傻笑。我叫他帮场。他回身走他的！我一急，往前赶，一脚踏空，跌了下去，咚的一声儿，我一睁眼，却落在地上。我爬上床去再睡，怎么也睡不着啦。我就像小时候，明儿要去喝喜酒了，晚上躺在床上似的，一肚子的不知什么东西在那儿闹，顶好跳起来喊几声儿。我干躺在铺上想明儿咱们怎么冲进去，怎么跟他的保镖打架，怎么把大脑袋捉出来……

天慢慢儿的亮了起来。我跳了起来，脸也不洗，先磨刀。他妈的，谁知道，那条胳膊昨儿给黄泥螺扎伤了筋，抬不起来。没法儿，只得扔了那把马刀，洗了脸，揣上尖刀，跑到陈海蜇家里去。妈的，你瞧，他光着身子，正睡得香甜，胸脯儿一起一落的，雷似的在那儿打呼噜。我噌的给他一腿，他翻了个身，眼皮也不抬一下。好小子！我拿纸头搓成了纸捻儿往他鼻孔里一阵搅。他鼻翅儿搐了一搐，哈啐！醒了过来。一支黑毛手尽搓自家儿的鼻翅儿，腮帮儿上睡得一片口涎子。

"早着呢！下午做戏的时候儿……"他一台上眼又打起呼噜来啦。

我推了推他："喂，别睡你妈的了。"

"滚你妈的，留神老子揍你！"粘涎子又从嘴犄角儿那儿挂下来啦。

我跑了出来，没地方儿去——到翠凤家去吧。我还没到她家，她远远儿的来了，打扮得花朵儿似的。嘻，滚他妈的老蒋，她早就忘了他咧！

"喂，这么早上哪儿去，呃？"

"啊，你吗？这几天不知给哪个臭婊子留住了，怎么不来？"

"妈的婊子留住我！好朵鲜花儿，这么早就跑出来了，道儿上冷清清的鬼也不见一个，留神碰着采花贼！"

"人家还要上东岳宫烧香去，你就胡说八道的。留神你娘打你这狗嘴！"

"对了！你老在我嘴上打红印子！又香又甜的……"我跑上去，啧的跟她要了个嘴儿。

"嘻，缺德的。一嘴的酒味儿！我瞧你酒还没醒呢！"

"酒味儿香不香？咱们再来……"我啧的声儿，趁她不提防，又来了一个。

拍！她又清又脆的给了我一个锅贴。"你这……"她笑弯了腰。

"成！打得好！瞧我的！"我捉住了她。她绷着脸，含着半截劲儿道："别胡闹了，规规矩矩的让我烧香去是正经。"

"我陪你去！"

"你去干吗儿呀？你的眼睛里头还有菩萨吗？别给我——"

"对啦！我眼睛里头就只你这么尊活观音！"

我就这么胡说八道伴着她上山去。

道儿上人已经很多了：卖水果的，卖香的全赶着往那儿跑。还有挂了黄香袋的小老婆儿，脚鸭儿小得像蚂蝗，一步一句儿佛。你瞧她合着手掌儿，低着脑袋，那阿弥陀佛的模样儿！

我们走到山上，天早已亮了。太阳从海底下冒上来，海面铺了一层金。庙前那片空土坪子早已摆满了摊儿。咱们今儿就在这土坪子上面闹。你瞧，够多大，疏疏的有点儿草，中间一片空地，放着几个仙人担，四面全是柏树。从山门外往东岳宫里望，只见一片烟雾。翠凤儿拜了弥勒佛，又拜观音，再拜五百罗汉。她一尊尊的拜下来。我可给拜得命也掉了半条了。他妈的，好累赘！她又跑到大雄宝殿拜如来，还求签，还唠唠叨叨地问那个看签的和尚。你猜那秃脑袋的怎么说？

"此签主早生贵子……大姑娘还没嫁人吧，十月之内必有如意郎……"他妈的，笑话啦！也不瞧瞧翠凤身上穿的素衣就这么信口胡说的。翠凤儿差点儿笑开了，也不恼，含着笑劲儿望了望我。旁边听着的人可全笑开啦。我可等腻烦咧。那秃脑袋的又讲了好一会儿，我也不去听他。这当儿人越来越多了，全是小老婆儿跟小媳妇子。还有个傻瓜，从山门那儿叩着头跪进来，直叩到大殿。好家伙，真有她的！

猛的有人喝了声儿："让开！"来了一顶小轿。轿一停，就有两个小媳妇子跑上来揭开了轿帘，走出一个油头粉面的小媳妇子来。他妈的，正是大脑袋的姨太太，人家叫三太太的。一个小子跑上来把香烛点上了，往旁一站。那小媳妇子慢慢儿的跑上来，慢慢儿的跪下去，慢慢儿的拜了四拜，慢慢儿的站了起来。妈的大家气！摆给谁看呀？可是瞧她的人却多着咧！问签的也不问了。拜的也不拜了。全悄没声的瞧着她。翠凤儿简直瞧出神了！我故意大声儿的问道："这是哪来娼妇根呀？还坐轿来！他妈的，出哪家的风头！"翠凤儿挤了挤我，叫我别胡说。那小娼妇听我这么说，倒也不生气，只望了望我，眼圈儿墨不溜湫的，准是抽大烟的。她一上轿大伙儿全谈开啦。

"你瞧，她多么抖！"翠凤儿叹了口气说道。

"抖？抖他妈的！做姨太太，守活寡！"

"有做姨太太的份儿倒也得啦。你瞧她头上那件不是金的！"

翠凤儿就爱闹。我赌气不做声，先跑了，扔下她，让她去拜这么半天吧。我给香烟薰了半天，打不起精神来，迷迷忽忽的想睡咧。那片大土坪子上早已零零落落的站了许多人，有的是来赶买卖的，有的是来瞧热闹的，还有来瞧小媳妇子们的。旗杆石那儿站着个"黄叶子"，手里拿着藤条。别神气你妈的了等着瞧！那条山道儿上多热闹，挤满了人呀，轿呀，从上面望下去就像是蚂蝗排阵儿。我跑回家，上眼皮儿赶着我下眼皮儿，倒在床上就睡。

到了下午，我猛得醒过来，一瞧日头已经不早啦，赶忙泡了点儿冷饭，塞饱了肚子，赶着就往山上跑。胳膊不淌血了，可还是疼，不能拿马刀。

远远儿的我就听见东岳宫那儿一片声嚷。他妈的，谁教你睡到现在的？人家已经在那儿闹咧。我三步并一步地往上窜，前面撞来一个小子，后边儿陈海蜇当头，有四五个人在这边儿赶来。那小子急急忙忙的抢来，那神儿可不对眼。我一瞧，不是别的，正是大脑袋那个保镖的野猫张三笑。陈海蜇在后面嚷："拦住那小子！"他一听就往旁边儿树林子里边儿逃。我兜过去。好小子，尽在树林子里边儿东钻西蹿的。眼看着左拐右弯的要逃在我前头啦。我赶过去，一个毛儿跟斗摔在他跟前，一把拖住了他的腿，扭在一块儿了。陈海蜇跑上来按住了他，先给他腿上来一刀子，才反剪着他的胳膊推上山去。

"你在干吗呀？妈的多半还是在翠凤儿的裤下不成？到现在才来！"陈海蜇向我道。

"睡觉！"

"你晚上干什么呀？一清早就跑来，白天睡觉！"

"闹起来了吗？"

"唐先生已经在那儿念妈的条件咧。他妈的大脑袋家里的保镖的跑来五个，也来看戏，叫咱们全给抓住了，就逃了这小子。跑得快，好小子！"他噌的给他一腿。

我跑到上面一看，只见那么大的一片土坪子站满了人，够一万多；脑袋像浪花儿那么的一冒一冒的。几百条马刀在大伙中间闪呀闪的像镜子。还有几个家伙拿着长枪，枪头上有红缨子，他妈的戏班子里边的十八套武器全给拿来啦。翠凤儿也在那儿，她身傍站着个大花脸，串戏的也跑到这儿来啦。

旗杆石上靠着旗杆站着唐先生，正在那儿演说。

"……你们明白的，这回事全靠咱们大伙儿来干，咱们有三万多人，他们连缉私营在里边儿也不满三百。不用怕……"

"不怕！咱们怕什么的！"大伙儿里边拿着马刀的全嚷起来啦。

"很好！咱们用不着怕！你们明白的，咱们不能再这么活下去！咱们快饿死了，瞧，米店放着米不卖，情愿烂；死了三百人，大脑袋不肯给钱！每天晚上，咱们不是听得到寡妇们的哭声吗？你瞧，他们全住大屋子，抽大烟，婆姨太太，咱们可饭都没吃的了！咱们要不要饭吃？咱们愿意这么过下去吗？愿意没饭吃吗？愿意死吗？咱们是应该死的吗？咱们还耐得下去吗？"

"咱们等够了！等够了！"大伙儿全叫了起来。玉老儿正在我前面，回过头来问我道："马二，唐先生在讲什么呀？咱们不愿意死，不愿意再等了！这话还用他问吗？"我掩住了他的嘴。

"那末，起来！不愿意死的人，没饭吃的人，起来！起来！"

大伙儿嚷了起来，海浪似的！胳膊全举起来了，马刀在头上，一片刀光！我也听不清大伙儿在嚷些什么，自家儿也胡乱的跟着嚷。

"干哇！"王老儿也在那儿拖长着嗓子尽嚷。

我的心儿在里边儿碰碰的尽跳，差点子跳到嘴里来了。

"我们把条件提出去：

第一，立刻开放公仓！

第二，立刻开放米仓，陈米平粜！

第三，这回死难的每人抚恤三十元！

……"

他在上面说一条，大伙儿就在下面嚷一阵子。我简直的高兴得想飞上天去。唐先生喊着的时候儿，他一说："反对沙田捐，沙田登记！反对土地陈报！打倒邵晓村，贺苇堤，劣绅冯筱珊，土豪蔡金生……"大伙儿就闹了起来，也不跟着他喊，只一个劲儿地嚷：

"打死那伙儿家伙！"

"放火烧他们的屋子！"

大伙儿你一句我一句的争先说，眼儿全红了，像发了疯，像疯狗，那里还像人哪。这就像是能传人的病，慢慢儿的从前面直嚷到后面，我也直着眼嚷起来啦。我头昏脑晕的像在发热。唐先生站在上面也没话说了。

"把那伙儿狗入的抓来!"

先是有一个在前面这么嚷,回头大家全这么嚷起来啦。拿马刀的火杂杂的先抢了出来:"走哇!"大伙儿也跟来了。

这么小一条山道儿哪里容得这么多人?大家也不挑着道儿走,打阵仗儿似的,漫山遍野地跑下去,有拿扁担的,有拿枪的,也有拿着粗柴棍的。带鱼李在后边吆喝道:"用不着这么多人,让他们有家伙的去,大伙儿别散,等在这儿!"大伙儿才停住了。咱们带家伙的九百多人分了两股,有的往缉私营去,有的往上庄去。大伙儿往回走,在后边儿嚷道:"别让这伙儿狗入的家伙逃了哪!"

一路上又跟来了许多人;咱们到了上庄,后边已经跟满了人,够一里多长。到了警察局的门口儿,他们在前面的全拥了进去,打起来啦。咱们在后边的有的往大脑袋家里走,有的去抓别人。大脑袋家院子里二十多个保镖的拿着枪逼住咱们,不让进去,喝道:"干吗儿?"

"叫蔡金生出来说话儿!"陆耿奎跑上去说道。

大伙儿也逼近去了。

"别上来!"保镖的把枪一逼。

我的哥子出来啦,他叫我们跑几个人进去跟大脑袋说话儿。我,大饼张,和陆耿奎进去了。半路上我的哥子跟我说道:"老爷没亏待你。你怎么也跟着他着他们胡闹?"

"滚你妈的狗奴才!"他给我骂得回不出一声儿。只瞪了我一眼。他脑袋上多了块疤——嘻,他妈的,是我那天给治的!

大脑袋那家伙,你瞧他多舒服,躺在上房抽大烟,铺上还放了两盘水果,一壶浓茶,我们进去的当儿,恰巧那三太太装好了烟递给他。他抽了一口,喝了口茶,咕的声咽下了。他还没事人似的!我们一进去,他慢慢儿地坐起来问道:"诸位有什么事?"

"什么事?还什么事?东岳宫讲话去!"我见了他。简直的像猫见耗子,顶好一口吞了他。

"有话在这儿说不是一样吗?"好家伙!他还不肯去呢!你瞧他,一肚子的疙瘩,故意不动气,一只手放在口袋里摸手枪。

"你存心去不去？今儿你愿意去也得去，不去也得去！"

他一拍桌子，瞪着眼道："我蔡金生受你们的吩咐，天下还有王法吗？什么话！"

这当儿外边儿大伙儿在嚷："叫大脑袋出来！"

有人扔石子到院子里来。

"什么话！简直造反了！"他还那么说。

"去不去？"

"滚你们的！"他拿出手枪来对着我们，手往外一指。

碰！外面一声枪，接着一片声嚷，哄的大门倒了，大伙儿冲进来啦。大脑袋一怔。我趁势儿蹿上去，一下抓住他拿着枪的那只手。大饼张跑上来一把夺下他的枪。"走不走！"陆耿奎先给他一个耳刮子。扭住他的胸脯儿。铺上的那个娼妇根叫了起来。我的哥子抱了她就往里边儿走。

院子里倒了三个保镖的，一个家伙胸脯儿那儿扎着把刀子，还有个给马刀劈了半个脑瓜子，旁边躺着个叫人家撅通了肚子的，肠子漏了；满地足血。别的全叫绑了起来，枪都在咱们手里了。

大伙儿见了大脑袋，哄的声围了上来。

"打死那狗入的！"

大脑袋脸也青啦。大伙儿，简直是疯子，拳脚不生眼儿，一个劲儿往这边儿送来，我也带着挨了几下。大脑袋眼皮打裂了，直淌血，肿着半只脸瓜子。还有个家伙一伸手抓住了他的鼻子就扯。那囚攘的疼得直叫。再过一会儿管保叫大伙儿打死了，我们三个护着他想往外跑，叫大伙儿给挤得动也不能动。大伙儿打起人来真可怕，比海还可怕！比什么都可怕！

"别打他哪！"

大伙儿好像听不见似的，他们的耳朵也没了，眼儿也没了，只剩了打人的胳膊腿。

"别打死他！押到东岳宫去！"

我们拦了半天，才算把他扯到外边。我们往前面走，大伙儿跟在后面骂，扔石子，不专往大脑袋身上扔，连我也受了儿下。到警察局里去的迎着来了，缴了二十多枝枪拿在手里。我们合在一块儿往东岳宫去。警察局门口儿那个站岗的扑在地上早就没气儿咧。里边儿窗呀，桌子呀什么的全给打坏了。"黄叶子"是吃饭不管事的，巡长给我们抓了来，他们全在门口儿瞧热闹，我们走过的时候儿，他们也跟了上来。

在半路上，去捉别人的也来了，邵晓村逃了没捉到，王耿奎，王全邦，和贺苇堤给反剪着胳膊。只有他们把我们反剪着送到县里去的，现在他们也给我们反剪着送到东岳宫去啦！那五个狗入的家伙，一路上尽哆嗦。平日大爷的气哪去啦？哈哈！还没到东岳宫，全叫大伙儿把脑袋给摔破了。大脑袋一脸的血，不像人咧。

太阳早已躲在山后啦。大土坪子那儿大伙儿等急了，我们一跑上去，大伙儿就冲上来。

"打死那伙儿狗入的家伙！"

早有人一马刀砍来，正中在王耿奎胳膊上面，扑的倒了下去。

"别杀他，打死他！"

"吊起来！"

"吊起来大家打！"

"吊到柏树上去！"

"来哇！"

我也听不清是谁在嚷，像刮大风；站也站不住，一会儿给涌到这儿，一会儿给涌到那儿。

绑起来！吊到宫前柏树上去！"

我腿也没移，哄的声给直挤到宫前那溜儿大柏树底下。早有人拿了麻索来。我们把那五个狗养的五花大绑的绑了起来，还没绑了，已经给打个半死；那腿呀，拳呀也不知哪来的。有一个小媳妇子跑上来，一口咬了大脑袋的半只耳朵，一嘴的血。

天黑了下来。他们像肉店里挂着的死猪似的一个个吊上去啦！

我挤上前去，一伸手，两只手指儿插在大脑袋的眼眶子里边儿，指儿一弯，往外一拉，血淋淋的钩出鸽蛋那么的两颗眼珠子来。真痛快哪！我还想捶他几下，大伙儿一涌，我给挤开啦。

"他妈的，别给打死了，我还没打到一拳呢。"

"我挤到里边儿准得咬他一口肉才痛快！"

"好小子，便宜了他，眼珠子也给他摘去啦！"

我挤到外边，挤不进去的人全在外边儿这么说。陈海蜇来啦，光着上半身，褡健儿插着把刀子，手里提着把枪，领了二百多人。我问他："灰叶子全完了吗？"

"全给咱们杀尽了！"

他一瞧见大伙儿围在那儿，树上吊着五个人。拔脚就跑，嘴里嚷道；"晚了！晚了！别叫人家把肉吃完咧！"

月亮上来了。

上庄那儿一片火光。我跑到东岳宫里边儿，唐先生，带鱼李在哪儿。

"你瞧！我拿来了一对眼珠子！"

"糟了！打死了他们有什么用呢？"唐先生说道。"糟很了！糟得没底儿了！群众简直是盲目的。"

"瞧我的！"陈海蜇背着枪，左手拿着把刀子，血还在往下掉，嚷着跑了进来。"你瞧！"他一扬右手，拿出一颗心来，还在那儿碰碰的跳，满手是血。"他妈的，那家伙的心也是红的！怎么说他心黑呀！"他把那颗心往地上一扔，四五条狗子蹿上来就抢，我也把眼珠子一扔。

"他妈的扔给狗子吃！"

我瞧狗子们抢着吃。

唐先生急得什么似的，忙着派人去守岔头。管他妈的，杀就杀了，怕谁呀？县里派兵来，打他妈的，咱们就拼个你死我活。可不是，只要合伙儿干，怕得了谁。那伙儿捉来的保镖的全绑在廊下，老子性子一起，索性全宰了那伙儿喂狗的。

外边儿又闹了起来，我只听得大伙儿在嚷："吊起来！"陈海蜇早已抢出去啦。捉到了谁呀？我也跟着跑了出去。土坪子那儿，许多人围在那儿，像在抢什么东西似的，你不让我，我也不愿意让你。我拼命往里边儿挤，挤上一步，退下两步，怎么也挤不进去。等我挤到里边儿，只见大马刀一起一落的，那家伙那里还有人模样儿，早给砍成肉浆啦。他的脑壳子给人家剁了下来，不见了，不知给谁拿去了。我问是谁呀，也没人回我。闹了半天，那家伙连骨架也没了，墨不溜湫的一堆，也不知成了什么！血渗到泥土里边儿，泥土也红啦。我可还没知道那家伙是谁。后来黄泥螺才告诉我说是邵晓村，在翠凤儿家里捉到的。我忙问翠凤儿在哪儿。他说屋子也烧了，谁知道那小狐媚子躲到哪儿去了。他妈的邵晓村那家伙怎么会躲到她家里去？怪事儿！翠凤儿别靠不住哪！我赶忙跑到她家那儿，只见屋也倒了，剩下一大堆砖瓦，里边儿还有火星儿。我碰着人就问，谁都回没瞧见。别躲到我家里去了？我跑到自家儿家里，她也没在。我找了半天没找到，回头碰着了小白菜，说看见她往小支岔走的。我直找到岔头那儿，海在那儿哗啦哗啦的响，没人，只麻子拿着枪守在那儿。

"瞧见翠凤儿没有？"

"翠凤儿吗？坐着船走咧！"

"跟谁一块儿走的？"

"跟你家老大。"

"多久了？"

"好久了！"

"混蛋，怎么放他们走呀？"

"唔……"妈的一个劲儿的唔。唔什么的！"她说屋子给烧上县里找熟人去；你哥说是伴她去的。"

"你怎么能信她的话？"

"唔……翠凤儿那小狐媚子……"我肚子里明白准是给翠凤儿两句话一说，就疲迷了心窝咧。他也明白了，跳起来叫道："好家伙，我受了他们诓啦！狗入的娼妇根，准是到县里去告官咧！"

狗入的娼妇根，不受抬举的，她准是一个心儿想做姨太太，戴满盒咧！我想划了船赶上去，麻子说她已经走了两个钟头了。我叫麻子守在那儿，别再让人家跑了，自家儿跑到东岳宫去。他妈的，你就别回来！要再让我碰见了，不把你这窟窿，从前面直搠到后面！老子索性把你那窟窿搠穿了，不让你再叫别人往里钻。看你还做得成姨太太！你就一辈子别再见我！

土坪子那儿还有几千人，有站着的，有躺着的，也有打了地摊儿坐着的。你望着我，我望着你，你不散，我也不散。柏树上那五个狗入的，肉早给咬完了，鸡巴全根儿割去啦，别提脑袋咧。

我告诉唐先生说有人逃到县里报官去了。带鱼李听了这话先慌了；庸先生低着脑袋想了一会儿，说道："不用怕！咱们干下去！"他两只眼儿在黑里放光。好家伙！成的！他只说了一句儿："叫拿家伙的别散，"又低着脑袋想他的。

我和带鱼李跑出去一说是谁到县里去报官了，叫大伙儿别散；他们本来好好儿的，这么一来，哄的又发起疯来啦，合伙儿往上庄跑去。大脑袋家正在哔哔碌碌的烧，前面聚着许多瞧热闹的。我的嫂子正在那儿哭着骂："天杀的囚徒哪！烧你妈的，把我的东西也全烧了，天哪，我的金钏儿也没有拿出来哪！天哪！天哪！……"大伙儿望着她笑。

"撒你妈的泼！喂，她的丈夫上县里报官去了！推她到火里去！"我一赶到就这么喝道。

她呀的一声儿。三条枪扎进她的身子，往火里边儿一挑，她飞进去啦。只一会儿，她的衫子烧起来了，发儿上也爆火星了，丢在火里边儿不见了！只看得见红的火！

我们往回里走，街上，大伙儿全像发了疯，这儿跑到那儿，那儿跑到这儿。米店，当铺全给抢了！到处有人放火；走道儿老踹着死尸。

陈海蜇躺在土坪子那儿，死了似的，一只狗子在舔他的脸。

直到下半夜，才慢慢儿地静了下来。大伙儿散了，回家的回家，没回家的全躺在土坪子上面睡熟了，枪呀，刀呀什么的全扔在一旁。有几个是到岔头换班去的。麻子抱着枪扑在那儿，也睡熟啦。嘴里还唠唠叨叨地不知在累赘什么——准是梦着翠凤儿咧。嘻，他妈的！我走到里边儿，唐先生还低着脑袋，一只手托着下巴颏儿也坐在那儿。那个串大花脸的戏子正在那儿洗脸。我又跑出来，外边儿静悄悄的，山根那儿也静悄悄的，到处有狗子在闹。海浪唏嚓哗啦的在响。白茫茫的大月亮快沉在海里啦。一阵风吹来，我打了个呵欠，倒在地上睡了。

第二天一早，咱们还没醒，守小支岔的跑上来说，吴县长来啦。大饼张冲出来把我一脚踢醒，我一翻身跳起来，那条左胳膊又酸又疼。大家一个个醒过来啦。陈海蜇一拍胸脯儿，说道："吴县长有妈劲！老子不用刀，不用腿，只用一只手这么一来就把他打翻咧。"我们也没空儿理他。

海那儿停着一只大轮船。一伙儿"黄叶子"，中间夹着两顶轿，蚂蝗似的爬上山来啦，后边儿跟着一大伙儿咱们这儿的人。唐先生吩咐我们道："你们先别闹，把他们围住了；我去跟县长讲话，他不答应我们的条件，别放他走。"这当儿宫儿里边儿猛的有人嚷救命，还有拼命叫着的。一个秃脑袋的跑出来嚷道："陈海蜇在杀人哪！绑着的人全叫他给杀尽了！"那傻瓜，杀他们干吗儿呀？我们刚想进去拦他，他早已飞似的抢了出来，光着上半身，皮肉全红了，脸上也全是血。

"他妈的。我跑进去瞧瞧那伙儿子饿坏了没有，恰巧听见都两个狗人的在说道：'吴县长一到，咱们就嚷救命，跑了出去，非告诉吴县长杀了陈海蜇那小子不成；就说昨儿死的他杀了一半……'他妈的，这伙儿狗人的想算计老子呢！我跑进去问道：'想杀老子是不是？'好家伙，他说是的，我倒也不杀他了；他还赖。好小子，要算计人，放在肚子里边儿不明说！那还要得？他妈的，我一刀子一个，杀了三十二个，一个也不留下！"

好个傻小子，你听呀！人家要算计你，还明说给你听咧。真有他的，一口气杀了这么多！这当儿吴县长也跑来啦。他一下轿，就跳上旗杆石，带来的"黄叶子"在两边一站——我的哥子也在那儿。还有顶轿子里下来的不是别人，正是翠凤儿！成！像个姨太太咧！咱们等着瞧！有你的！我可不管是谁。杀老子我也干，别说你！

咱们哄的围了上去。

"你们眼睛里头还有我——还有王法吗？杀人放火，动刀动枪，比强盗还凶！你们以为人多了我就怕吗？别想左了，要知道本县长执法无私，决不容情的。青天白日之下，哪里容得你们这伙儿目无法纪的暴徒……"吴县长一上台就这么说。

他话还没说完咱们早就闹了起来。

"滚下来！"

他怔了一会儿喝道："你们要干吗？在本县长前面尚且这么放肆，这还了得！大伙儿不准说话，推代表上来！"

唐先生跑了上去，还没开口，他就喝一声儿："拿下！"早走上两个小子来，抓住了他的胳膊。我瞧见翠观儿指着陈海蜇像在说什么话。他又喝了声儿："把那个囚徒也给我逮住！"

"逮你老子！"陈海蜇朝天碰的一枪，跳了出去。"谁敢来碰一碰老子！"

咱们往前一涌，合伙儿嚷了起来，马刀全举起来了。那伙儿"黄叶子"赶忙护住他，拿枪尖对着咱们。咱们越往前逼，他们的圈子越来越小，眼看着要打起来啦。他们放了唐先生。唐先生跳在旗杆石上叫咱们慢着来，咱们才往后退了一步。

唐先生在那儿跟县长争——你瞧他那股子神儿！县长！官！袖管，笔套管，你妈的官！

咱们在底下嚷，闹，开枪，扔石子上去。你瞧，他吓慌了！

咱们的人越来越多啦，全来啦，他们在后边的尽往前涌，咱们在前面的站不住脚，一步步的往前逼。咱们有三万多人哪！我站在顶前面，瞧得见翠凤儿，她脸也青了。你可不知道大伙儿有多么怕人哪！咱们是风，咱们是海！咱们不是好好儿的风，好好儿的海，咱们是发了疯的风，发了疯的海！她也见了我，望着我笑了一笑。笑你妈的，别乐！留神落在咱手里！

唐先生拿出张纸来，要县长画押。

"不能！你恃众要挟吗？这条件本县长断了头也不能接收！"

"你不接收，群众乱动起来，我可不能负责。"

我们听得见他的话，我们明白他的话。

"杀！"咱们在前面的先嚷，在后边的就跟着嚷；咱们又往前逼，一片刀光直射过去。

"你瞧，再过一分钟，群众要乱动了！"

那家伙软了下来，说道："让我回去想一想，明儿回复你们。"

"县长，你这分钟内不肯答复的话，我们可不能让你回去。"

他真有点气，可是想了一想，望了望咱们。末了，还是答应了。咱们全跳了起来，自家儿也不明白是为了高兴还是为了什么。那家伙跳了下来，"黄叶子"四面护着他。从咱们里边儿穿了出去。咱们跟在他们后边儿送下山去，直送到岔头——咱们是海，他们是船，船是拗不过海的，除非顺着海走。那只大轮船开出去啦。咱们碰碰的尽放爆竹，直闹得看不见那只船了才回。

咱们又抓了许多人，王绍霖，刘芝先，徐介寿什么的全给咱们抓了来，挪在土坪子那儿，四面堆着干劈柴，烧。咱们在四面跳，他们在里边儿挣扎，叫。那火势好凶，逼得人不能跑近去，只一会儿就把那伙狗子们烧焦了。烧焦了的人和烧焦了的干劈柴一个模样儿！

下半天咱们把那冯筱珊用轿子骗了来。那老不死的顶坏，妈的瞎了眼还作威作福的。他的小儿子冯炳也跟着。伺候他爹。他俩一上轿，咱们就把他的屋子烧了，一家子全给烧在里边啦。他到了东岳宫，下了轿，还摆他妈的乡绅架子，叫他的儿子扶着下轿，一面骂道："抬轿的怎么连规矩也不懂呀，也不知道把轿子轻轻儿地放下来。炳儿，明儿拿了我的片子送他到县里去！"抬轿的就是我和麻子。我扯住他一根白胡须一摘。他一伸手，打了个空。大伙儿全笑开啦。冯炳那狗养的不知跟他老子说了些什么。冯筱珊听了他的话就跟咱们说道："我冯筱珊读书明理，在这儿住了七十五年，自问没亏待诸位乡邻的地方儿……"他话没说完，陈海蜇早就捡起石子扔上去，正打在脑门上面。脑门破了，血往下掉，挂到白胡须上面，白胡须染了红血，可是那老不死的还不死！他说道："你们既然和我过不去，我也活够了。让我死在家里吧！"滚你妈的！咱们跑上去，把他的马褂什么的全剥下来。陈海蜇早就抢着穿在身上了——你瞧，他光着身穿缎马褂那副得神的模样儿！冯炳拼命护着他的老子，给咱们一把扯开了。冯筱珊动也不动，尽咱们摆布，瞎眼眶里掉下泪来。别哭你妈的，你想法摆布咱们的时候儿，曾可怜过咱们吗？咱们不会可怜你的！他的儿子哇的声哭啦。跪下来求道："请诸位放了家父，我冯炳来生做牛做马报答大恩……我冯炳情愿替家父受难……"滚你妈的，别装得那模样儿！到今儿来求咱们，晚着了！我一脚踹开他。大伙儿赶上来，一顿粗柴棍，学了邵晓村咧。

咱们绑定了那老不死的，把他倒吊在树上。底下架着干劈柴。他那张满是皱纹的脸上绷起一条条的青筋来，嘴里，鼻子孔里，眼眶子里全淌出血来啦。往后，舌子，眼珠子全挂了下来，越挂越长，直挂到地上，咱们才烧起柴来。火焰直往他的眼珠子，舌子那儿卷，眼珠子和舌子慢慢儿地卷了起来。烘了半天，他的脸发黑啦。咱们绕着他，跳着兜圈儿。好家伙，他也有这么一天的吗！树下的叶子也全焦了，一片片嗖嗖的掉到火里边儿去。

天黑了。

火是红的，咱们的脸也是红的，马刀在黑儿里边儿闪烁。

碰！碰！一排枪！在外边儿的人先闹了起来：

"灰叶子来啦！"

"什么？那狗入的县长不是答应咱们不抓人的吗？"

"杀！杀出去！"

碰！碰！又是一排枪！

唐先生跳在旗杆石上嚷道："别怕！别逃！咱们有三万多人哪！"

在外边儿的尽往里边儿挤，咱们慢慢儿的退到东岳宫那儿啦。

"杀！"

咱们刚这么一嚷，他们又是一排枪。大伙儿不动了，静了下来。

唐先生给抓去了！

"只拿头儿脑儿，别的人不用怕！站着别动！"我听得出那是县长的声音。

我挤到外边，只见咱们的人一个个给抓去了二十多个。唐先生给绑着跪在那儿，他喊道："干下去！别怕！咱们是杀不完的！"碰！他倒下去了！

我眼眶子里热热地掉下两颗眼泪来。我想杀上去，可是妈的刺刀锋在黑儿里边发光！他们有一千多拿枪的哪！

"谁动一动就枪毙！"

地上横的直的躺着许多人，黑儿里边看不清楚，只望得见一堆堆的红血。咱们全气狠了，可是没一个敢动的。

"这个是的，那个也是的……"翠凤儿和我的哥子在那儿指出人来，指一个，抓一个。我的哥子看到我，望了一会儿，又找别人去了。翠凤儿望着我笑了笑。滚你妈的，我可不愿意领你这份儿情！

我们抓去了八十多个人。我算没给抓去。

咱们这儿又静下来了。每天晚上又听得见寡妇们的哭声儿！在酒店里边儿咱们总是气呼呼的把刀子扎在桌上面。咱们是杀得完的吗？还要来一次的！

过了一个月，我胳膊上和腿上的伤痕全好了，可是我心里的气没平——我心里的气是一辈子不会平的！也不单是我一个，咱们全是这么的。

那天，翠凤儿回来了，和我的哥子一块儿回来的。我的哥子在县长那儿当了门房，翠凤儿戴了副金坠子，他们俩是特地来看我的。他们一进来，我先把门闩了。翠凤儿一侧脑袋，让金坠子冲着我，望着我笑道："美不美？"我一声儿不言语，扯住她的胳膊，亮出刀子来，划破了她的衫子。她吓得乜的声撒了酥儿，睁着泪眼求我道："马二哥……"我瞧准了她的心眼儿一刀子扎下去，白的肉里边儿冒出红的血来，血直冒到我脸上，她倒了下去。我的哥子刚拨开了门闩，跨了出去，我一刀子扎在他背梁盖儿上面，他靠着门说道："老二，瞧爹的脸……"我不做声，又是一刀子下去——他死了！我杀了我的亲哥子，杀了我的翠凤儿，可是我笑开啦。那副金坠子还在那儿闪呀闪的。

现在，桃花又开了，咱们这儿多了许多新坟，清明那天我看到许多小媳妇子在坟上哭。咱们活着的又要往海上去啦。

嗳啊，嗳啊，嗳——呀！
咱们都是穷光蛋哪！
酒店窑子是我家，
大海小洋是我妈，
赊米，赊酒，赊布，柴，
溜来溜去骗姑娘——
管他妈的！滚他妈的！
咱们全是穷光蛋哪！
嗳啊，嗳啊，嗳——呀！
咱们又这么喝着了。

可是咱们还要来一次的！

1931 年 1 月 2 日

作者附志：

春天是快乐的，可是春天是某阶级的特有物，它是不会跑到生活在海上的人们的生活中去的。他们是老在海上过着冬天的生活的；可是。冬天来了，春天还会不来吗？总有这么一天的。春天会给他们和他们的朋友抢了去。我希望这一天的来临。伙计，等着瞧，快了！

偷面包的面包师

　　奶奶带了孩子逛大街去，走过儿子的铺子那儿，总得站住了，在橱窗前面瞧这么半天。大玻璃里边站了个纸洋人，满脸的笑劲儿，笑得下巴和脖子的肉挤到一块儿，分不清那是脖子那是下巴。穿了白布裙，歪戴了白布帽，手里捧了个盘子，盘子上搁着一大堆洋饽饽儿，一杯洋酒，像在那儿说："来呀！大家都来！这儿有的是酒，汽水，面包，蛋糕！"那洋人脚下放了真的洋饽饽儿，什么颜色，什么花式的全有，就像绣出来的，绸缎扎出来的。说不上有多好看！

　　奶奶和孩子全往橱窗里瞧，仔仔细细的，大的小的全瞧到。瞧这么半天，奶奶就告诉孩子：

　　"你爹就在这铺子里当烘面包的。这许多洋饽饽儿全是他做的。你瞧，多好看。"

　　"那模样儿瞧着就中吃！奶奶，咱们多咱叫爹挑大的带几个回来，可好？奶奶说的爹多依。"

　　"馋嘴！"奶奶说孩子馋嘴，其实自家儿也馋嘴。可不是，瞧那模样儿就中吃！放在嘴里可真说不上够多香甜，多松脆呢！只要吃一个也不算白活一辈子咧。"你不知道多贵。咱们没这福份吃洋饽饽儿的。有饭吃就算好的了。"

　　孩子就拐弯抹角地说开去："奶奶，你瞧，那纸洋人不活像爹！"

　　"可不真像！"

　　"爹没那么胖，可是也穿白裙子，戴白帽子的。"

"你爹回来时还一头发的面粉屑。"

"奶奶，我说哪，洋饽饽儿就像洋人那么胖得发油，搁在嘴里一定怪舒服的。"

"馋嘴！"

孩子瞧奶奶还是那么说，不发气，就拐弯抹角的讲回来了："奶奶，你说那大的挺贵不是？"

"洋人吃的呵！"

"咱们挑小的跟爹要，可好？"

"你这馋嘴诓起我老骗子来了！咱们回去吧。"

老的小的走了。小的有点儿舍不得离开，把手指塞在嘴里回过脑袋去瞧，老的也有点儿舍不得走，可是不好意思回过脑袋去瞧，心里边骂自家儿："老馋嘴，越来越馋了！"

老的小的回到家里，媳妇瞧见他们脸上那股子喜欢劲儿，就明白多半又是到铺子前去逛了来咧。问：

"奶奶上大街逛去了吗？"

"可不是吗？铺子里又多了新花式了。"

奶奶坐到竹椅子上，讲洋饽饽儿上奶油塑的花朵儿，讲洋饽饽儿的小模样儿可爱，一边用手比着，一点零碎儿也不给漏掉。漏掉了孩子就给补上，媳妇望着奶奶的嘴听出了神，心里想："成天的讲那些讲得人心里痒！简直的比念佛还得劲！"孩子爱上了那张嘴，掉了门牙的嘴——奶奶的嘴念起佛来快得听不清，讲起故事来叫人不想睡觉，谈到洋饽饽儿简直的听了就是吃饱了肚子也会觉得饿咧！

"只要能在嘴里搁一会儿才不算白养了这么个好儿子！"奶奶说完了总在心里边儿这么嘀咕一下。

奶奶二十多岁死了丈夫，粗纸也舍不得多花一张的，省吃省用养大了这么个好儿子，一个月倒也挣得二三十块钱种家养眷，奶奶这份儿老福真也不差什么咧——就差没尝过洋饽饽儿的味儿！就是念佛的时候儿也在想着的。

哪一家子哪一个不想哪？孩子老梦着爹带了挺大的洋饽饽儿回来，抢着就往嘴里塞，可是还没到嘴，一下子就醒了。一醒来就心里恨，怎么不再捱一会儿呢！到了嘴里再醒来也总算知道洋饽饽儿是什么味儿咧。想着想着又梦着爹带了洋饽饽儿回来啦。

　　媳妇闲着没事，就在心里边烘洋饽饽儿，烘新的，比什么都好看的。她烘面包的法子全知道。她知道什么叫面包，什么叫蛋糕，什么叫西点，她还知道吉庆蛋糕要多少钱一个。面包的气味是很熟悉的，吃蛋糕的方法是背也背得出了。第一天嫁过来，晚上在丈夫的身上就闻到面包香，第二天起来奶奶就告诉她吃面包的法子。有这么一天能尝一尝新，真是做梦也得笑醒来咧。

　　一家子谁都想疯了，可是谁也不说。奶奶是长辈，哪里好意思在媳妇孙子前面问儿子要东西吃呢？再说，她不是老骂孙子小馋嘴的吗？媳妇见奶奶尚且不说，我哪里能说，说了不给奶姗骂又装小狐媚子迷丈夫，也得受她唠叨，现在什么都贵，不当家花拉的，怎么股劲儿想起吃洋饽饽儿来了。孩子跟奶奶说，奶奶老骂馋嘴，跟妈说，妈就回。"怎么不跟你爹说去？只会死缠我，见了老子像耗子见了猫，生怕吃了你似的。"跟爹说去吗？脑勺上的一巴掌还没忘呢！

　　儿子也知道一家子全馋死了。他有什么不明白的？可是学了三年生意，泡水扫地板，成天的闹得腰也直不起，好容易才争到做个烘面包的，吃了千辛万苦，今儿才赚得二十八块钱一月，哪里买得起西点孝敬她老人家。有白米饭给一家子四口儿喂饱肚子也算可以了。这年头儿大米贵呀！除了偷，这辈子就没法儿医这一家子的馋嘴咧。偷？好家伙！老板瞧见了，运气好的停生意撵出去。运气不好还得坐西牢哪！算了吧。反正大家又不明提，开一眼闭一眼的含糊过去就得啦。彼此心里明白。多咱发了财，请请你们吧。

　　他一早起来。就跑到铺子里，围上自竹裙，坐到长桌子跟前搓面粉，弄得眉毛也自得老寿星似的。人家一边搓就一边儿谈姑娘，谈赌钱，谈上了劲儿，就一把鼻涎子抹到面粉里去了。他是老实人，嫖也不来，赌也不懂，跟人家什么也谈不上，独自个儿唱小曲儿，唱不出字眼儿的地方儿就哼哼着。把面粉搓成长的圆的，又坐到炉子前烘，碰到六月大伏天，那西点就算透鲜汗渍的时新货咧。直到下半天五点钟才弄完，人可就像雪堆的啦。抽上一支烟，解下竹裙在身上拂了一阵子，从后门跑出去，到铺子前橱窗那儿站住了瞧。瞧这么半天，他心里乐。他想告诉人家这些全是他烘的。那花似的洋饽饽儿就是他自家儿的手做出来的。客人们从玻璃门里跑出来，一说到今儿的西点做得不错，他就冲着人家笑。这一乐直乐得心里边也糊涂起来啦。站在电车的拖车上，身子摇摇摆摆的，像上任做知县去似的，像前面有什么好运气在等着他似的。到了家，一家子的馋眼巴巴地望着他头发上的面粉屑，真叫他把一双空手也没地方儿搁了。把空手搁在外面叫人家瞧是自家儿也怪惭愧的。

可不是吗？奶奶老了，没多久人做了，可是她虎牙还没掉，一个心儿的想吃洋饽饽儿呢。做儿子的总该孝敬她一下呵。媳妇过来了也没好的吃，没好的穿，上面要服侍婆婆，下面要看顾孩子，外带着得伺候自家儿，成天忙得没点儿空回娘家去望望姊妹兄弟的，做丈夫的连一个洋饽饽儿也不能给她，真有点儿不好意思咧。孩子——那小混蛋顶坏，串掇着奶奶来弹压我！吃洋饽饽儿他想得顶高兴，奶奶忘了，他就去提醒她。这小混蛋真有他的！可是也给他点儿吃吧，生在我家，我穷爹成年的也没糖儿果儿的买给他吃，也怪可怜儿的。再说吧。初五是奶奶生日，买不起偷也偷一个来。偷一遭不相干的，不见得就会停生意，大不了扣几个工钱。我做了八九年，老老实实的又没干什么坏事。就这一点错缝子也不能叫我坐西牢，总得给点脸不是。

每天坐到桌子前面就想开了。

奶奶坐上面。媳妇坐左手那边儿，自家儿坐右手那边儿，孩子坐在底下，桌上放了个——放了个什么呢？面包！不像样！西点？算什么呢！咱们穷虽穷，究竟也是奶奶做生日，也得弄个吉庆蛋糕来才是。他们只想吃西点，我给他们个想不到，带吉庆蛋糕回来。不乐得他们百吗儿似的？奶奶准是一个劲儿念佛，笑得挤箍着老花眼。媳妇小家子气，准舍不得一气儿吃完，料定她得闹着藏起半只来。那小混蛋嘴就别想合得上来。他准会去捏一下，摸一下，弄得稀脏的。我就捉住他这错缝子给他一巴掌，奶奶也不能偏护他。也好出口气。奶奶真是有了孙子就把儿子忘掉了。

我给他们一块块的剁开来，布给他们，教他们怎么吃。奶奶还咬得动。那小混蛋怕猪八戒吃人参果似的一日就吞了。媳妇是——我知道她的，咬一口得搁在嘴里嚼半天咧。她就舍不得这好东西一下子便跑到肚子里去。

可是吉庆蛋糕顶好的得几十块钱，简直的不用提。就化五元钱买个顶小的吧？五元钱也拿不出呢！房钱没付，米店已经欠了不少了，多下来的做车钱零用钱还不够，那挪得出这笔钱。借吧？谁都想问人家借钱呢。当又没当得五元钱的东西，再说去年当了的那套棉大褂还没赎回来。妈妈的，偷吧！

　　望着放在前面的洋饽饽儿，心跳着。四面一望，谁也不说话，不谈姑娘，不谈赌钱，就一个心儿在望着他似的。这老实人连脖子也涨红了。

　　回到家里，吃了晚饭，奶奶咕囔着：

　　"日子过得真快，五十八年咧！初五又是生日了！"叹息了一下。她底下一句话"只要尝一尝洋饽饽儿死也甘心的呵，"没说出来，可是她一叹气，儿子就听懂了。

　　第二天他一起来就记起了是初三了。就是后天啦！怎么办哪。搓面粉的时候儿心里边嘀咕着："偷一个回去吧？"脸马上红了起来。糟糕！好容易腮帮儿上才不热了。烘面包的时候儿又这么嘀咕了一下。喝！一点不含糊的，脸马上又热辣辣的不像样了。这老实人心里恨，怪自家儿没用。怎么一来就红了！妈妈的，赶明儿拿剃刀刮破你，刮出茧来，瞧你再红不红。

　　可是后天就是初五了，偷一个吧！偷一个吧！只要小心点儿鬼才知道。把那劳什子往桌子下一塞，装作热，卸下褂子来，扔到桌子下，盖在上面，到五点钟，把褂子搭拉在胳膊肘上，连那劳什子一同带了出去，谁也瞧不出的。就留神别让脸红！想着想着，便想去抓那大蛋糕啦。不知怎么股子劲儿，胳膊一伸出去就拐弯，摸了个面包往桌子下一扔，搭讪着：

　　"天好热！"

　　一瞧谁也没留心，便卸下褂子来想往蛋糕上面盖去，不知怎么的心一动，就说道："好家伙，怎么就跑到桌子底下去啦。"一伸手又拿到桌上来了。这一嚷，大伙儿倒望起他来咧。好像谁都在跟他装鬼脸似的。

　　"你怎么热得直淌汗？"

　　"可不是。天可真热。秋老虎，到了九月却又热起来了。"

　　一边这么说着，一边懊悔起来咧。不是谁也没瞧见吗？把褂子往桌子下一扔就成，怎么又缩回来了。真是的ｊ！望着那面包心痛。妈妈的胳膊也不听话，一伸出去就拐弯，抓了这么个劳什子还闹得自家儿受虚惊。太不值得咧。

　　初四那天，他心里也七上八下的闹了一整天，失魂落魄的。末了还是没动手。晚上睡在床上，媳妇跟他说："明儿是奶奶生日，咱们弄些面吃吧。"

　　"也好。"

　　就是明天咧！奶奶在隔壁房里翻了个身，咳嗽着。

　　"奶奶想吃洋饽饽儿想得什么似的。"往奶奶身上推。

"小狐媚子，你难道不想吃？推给奶奶！"

她笑。

他想："真是非给他们带个回来不行了。"

奶奶在隔壁听见了，又乐又恨。媳妇把她的心事全说了出来，明儿倒不好意思见面了。孩子正在那儿做梦，听到洋饽饽儿这几个字，赶忙从梦里醒回来。醒回来却只听得爹睡的那张床响得厉害，妈笑得气都喘不过来。只得又睡去啦。刚睡熟，只听得爹又在讲：

"这饽饽比洋饽饽儿好多着啦。"

别老是饽饽儿饽饽儿的尽在嘴里讲，多咱真的带一个回来才不愧做爹咧。索性打起呼噜来了。

一觉睡回来是初五啦。这老实人这一天可苦透了。一个心儿的想偷一个吉庆蛋糕回去。东张西望地等了半天，只见人家都在望着他。这伙儿小子的心眼儿他有什么不明白？就等着机会想排挤他！等他动手，一动手就抓住他。他一边做着吉庆蛋糕上面的花朵儿，一边手发抖，浑身发抖，人也糊糊涂涂的。心里想：

"偷一个吧！偷一个吧！"这么的嘟念着。

从炉子上拿下一个烘好了的大蛋糕来，手里沉甸甸的。回香直往鼻翅儿里钻，热腾腾的。得卖十多块钱哪！什么都瞧不见了，头昏得厉害，不知怎么一下子就搁到桌子底下去了。一望，没人在瞧他。一不做，二不休，索性一卸褂子盖在上面。叹了一口气，满想舒泰一下，可是兀的放不下心。眼皮跳得厉害。别给瞧见了吧！汗珠儿从脑门那儿直挂下来，挂在眉毛上面。两条腿软得像棉花，提不起，挪不开。太阳穴那儿青筋直蹦。眼也有点儿花了。

到了散工的时候儿，心才放下了一半。等人家都走开了，他才站起来，解了竹裙，马上就想低下身子去拿那劳什子。真的是上场晕，衣服也忘了咧。一身的白面粉，急急忙忙的不明显着偷了什么去吗？便像平日那么的抽上一支烟，劈劈拍拍的拍衣服。可是饶他一个心儿想慢慢儿地来，越是手慌脚忙的一会儿就完了，连带着脊梁盖儿上的粉屑也没拍掉。连蛋糕带褂子拿了起来，就往外跑，又怕人家多心，便慢慢地踱着出去，抽着烟，哼哼着。

猛的大伙儿在后边儿笑了起来。他的心碰的一跳三丈高，只觉得浑身发冷。完了！赶忙回过脑袋一瞧，不相干，不是笑他。便连为什么笑也没知道的，跟着也哈哈地笑了起来，只想急着往外走，却见监工的正在对面走来。笑也笑不成了，脸上的肉发硬。笑也不是，不笑也不是。只得拼命的笑着，大声儿的。那声儿真有点儿像在吆唤。还好，监工的也没查问他，只望了他一眼。就从身边过去了。

走出了门，便一百个没事啦。不相干咧！不料拍的一声儿，那劳什子溜了下来。跌在脚上，一脚踹了出去，直滚到门外。也不敢回过脑袋去瞧，赶上去捡了起来，刚想揣在怀里放开腿跑，后面监工的喊道：

"慢走！"

回过身子他已经跑了过来。

"看你人倒很老实的，原来还有这一着儿，啊？这是你的吗？"

"不是……是我买的。钱我明天带来。"

"你买的？！钱明天带来？！成，去你的吧。明天也不用你来了，钱也不要你的。跌脏了的东西哪里还能卖你钱。"说着便对看热闹的说道："诸位老哥说一声，这话可对？"便在鼻子里连笑带哼的来了一下，便进去了。

糟很咧！愣磕磕地往前走。大伙儿在后边说他的话，他全听得，说不上有多难受。老不死，吃了白米饭还不够，还想吃洋饽饽儿！那小混蛋回去不打死他！媳妇也不好，她不说，我不会动手的。行，吃你们的洋饽饽儿吧！我是生意也停了，白米饭也吃不成了，瞧你们再吃洋饽饽儿去！

一肚子没好气地跑回去，到了胡同里就瞧见孩子野马似的在那儿跑，弄得两手稀脏的，便一瞪眼，伸手一巴掌，喝道：

"又死跑！乐什么的？还不替我死到家里去！"

孩子抬起脑袋来一瞧是老子，一肚子的冤屈，两只手一抱脑袋，刚想哭，便瞧见了他手里那好洋饽饽儿，就忍住了哭往屋子里跑，嘴里嚷：

"奶奶瞧！爹带了洋饽饽儿回来咧！"

爹在后边儿跟进去，骂：

"嚷？嚷什么的！偏没你吃的份儿。"

"今儿奶奶生日，孩子不好，明天再骂他吧，"媳妇过来，把蛋糕接了过去，嘻嘻地。

奶奶一个劲儿地阿弥陀佛。哪来的这好儿子。孩子给爹一骂，骂得堵着嘴去坐到门槛上望日头。这日头今儿就怪，你瞧它，五点多了，还那么高高地站在上面。儿子懒懒地洗了脸，心里想："这回我可完了！"媳妇在那儿烧面，锅子里吱吱地响。奶奶尽端相那洋饽饽儿——嗳，这宝贝可真的到咱们家来啦！他闷唶咄的坐着抽烟。

"不当家花拉的，哪里就化许多钱买了这个来了！"奶奶瞧儿子，越瞧越觉得这儿子孝顺。

"十多块钱呢！"

"呀！吓死我咧！生日又不是今年一年有，年年可以做的，何必弄这宝贝来。孝敬就孝敬在心里边，吃一顿寿面也罢了，哪弄这些。"奶奶不舍得这许多钱，可是也不愿意儿子不买回来。她巴巴地望了几年咧。"真的买的吗？"

"不买又哪来？"

买的！买的！生意也掉了！你们乐！看你们以后怎么过？可是奶奶尽望着他念佛。可不是，奶奶也老了，今年不孝顺，往后也没日子了。

孩子闹肚子饿，一个劲儿嚷吃饭。

"哪里就饿得这么了？偏饿死你！"

"是也不早了，面熟了就吃。乖，去坐在那儿别闹。"

孩子赌气不做声。我不吃了，偏不吃。谁要吃你的东西！我大了赚了钱天天买一个当饭吃——稀罕什么的！可是赌了半天气，偷偷地望了望桌上的洋饽饽儿，心又软了下来。罢咧！有吃总是好的。有好东西不吃。才是傻子。我可不这么傻。又望望日头，那家伙还不下去。真有点儿等急了。

末了，还是奶奶做的主，叫搬开桌子来吃。孩子顶高兴，一搬开桌子就抢了条凳去坐在下面。奶奶坐上面。儿子怔在那儿。孩子喊道：

"爹，吃饭咧。"跟老子表示好感似的。

"忙死了！今天偏不给你吃。"

孩子真想哇的撒酥儿了。奶奶连忙说道：

"难得的，大家都吃，我奶奶作主。爹骗你的。"

做爹的瞧奶奶的脸，就瞪了他一眼，也不坐下，站在那儿切蛋糕。奶奶招呼媳妇来吃，媳妇一面答应着，一面忙着捞面，一不留神，面挂在胳臂上，烫得叫了一声儿。孩子正在那儿瞧爹手里的刀，猛的爹喝道：

"这么大的人了。也不知道过去帮着张罗，只知道吃。呆在这儿干吗？等鸟！"

爹今儿不知怎么的，存心找他晦气。便跳下来从妈手里接过面碗来。碗底热得烫手，又不敢作声。拿到桌上，一碗放在爹前面，一碗放在自家儿前面。放重了，汤溅在桌子上。把爹也烫着了。

"你顶要紧？今儿是奶奶生日，先给奶奶！这点儿也不明白，十多年大米饭全塞在狗肚子里！"

奶奶忙护在前头，自家儿把面拿了过来："得啦，你今儿怎么老找着他。手也烫了，还骂他。大家欢欢喜喜的岂不好？定要磨折得他耗子似的！"

全是你护坏了。我做爹的说几句你就岔进来。还大家欢欢喜喜的，我就欢喜不起来咧。做爹的一边这么想，一边就剁下一片蛋糕来。孩子一伸手想拿，给爹一瞪眼就瞪回去了。奶奶就拿了一片给他："再饿要饿坏了。先吃吧。"

媳妇也坐了下来。大家吃着蛋糕。孩子弄得一嘴子花花绿的奶油，拿袖子一擦。擦得腮帮儿上也是的。媳妇把蛋糕搁在嘴里舍不得嚼。奶奶吃得那张扁嘴动呀动的，好不有味。只有儿子独自个儿不舒服，又不能说出来。这生意是歇定的了。明儿再去求求看，也许只扣我几个工钱。

那一天，在奶奶的眼睛里头，他是顶孝顺的儿子；在媳妇的心里边，他是顶懂事的丈夫；在孩子看来，只要不再给他巴掌，就能算天下顶好的父亲了。

可是那晚上，一家子全乐得梦也不做，他却睡不着。刮西北杠子风的日子，满地大雪，奶奶害病，孩子嚷饿。媳妇哭……他可不能再往下想。

第二天。他去了不久就回来了，脸色翻沉的怕人。一跑进屋子就躺在床上，一声儿不言语的，闷抽烟。奶奶问他：

"今儿怎么这么早回来？放假吗？"

他不回，把烟蒂儿狠狠地扔了。

"怎么啦？"妻说。

"怎么啦，还有怎么啦？停了生意！"

一家子全怔住了。

"为什么停生意？你做错了什么？"

"做错了什么！偷洋饽饽儿给你们吃！"

媳妇马上哭了起来。奶奶骂自家儿："老不死，想吃洋饽饽儿！现在可吃出的来了？"气得把佛珠一扔。菩萨不生眼珠子，我辛辛苦苦过了半辈子，香也烧了不少，从没得罪你老人家，怎么还叫我老来苦。

　　孩子悄悄地问奶奶："奶奶，为什么爹不能把洋饽饽拿回来？不是爹做的吗？"

　　奶奶骂："你孩子不懂的。"可是她这一代人不懂，孩子的一代是会懂得的。

　　儿子心里想："真的，为什么我自家儿烘洋饽饽儿我就不能吃呢？"

1932 年 4 月 24 日

断了条胳膊的人

第一节

这些声音，这些脸，这些错杂的街头风景，全是熟极了的。

跳下了电车，卖票的把门喀的关上，叮叮两声，电车就开去了。走到人行道上，便把咬在嘴里的车票扔了，笑着。拐角那儿那家绸缎铺子上面的西乐队把大喇叭冲着他吹：

"正月里来是新春……"

鼓，有气没力地咯咯地敲着；便顺着那拍子走。没走上多远，当的一声儿，铁勺敲在锅沿上，一笼饽饽腾着热气在他前面搬了过去——到饽饽铺子了。过去就是老虎灶带茶馆，水在大锅子里尽沸，一个穿了围裙的胖子把铜勺子竖在灶上，一只手撑着腰，站在那儿。那边桌子上是把脚践到长凳上在喝茶的人。老虎灶的隔壁是条肮脏的小胡同。

到家了！更走得快。

那条小胡同，一眼望进玄，只见挤满了屋子。屋瓦褪了色，没有砖墙只有板壁的平房。屋檐下全挂满了晾着的衣服，大门前摆满了竹椅子；自来水哗哗地开着溅得满地的水，一个小姑娘蹲在前面绞湿裙子。这边儿是一大堆人聚在那儿说闲话儿，那边儿又是一大堆人在那儿抹骨牌，还有许多人站在后边儿瞧。过去点儿是一伙孩子在地上滚铜子；一条竹竿，从这边屋上横到那边屋上，上面挂着条裤子，裤管恰巧碰着他们的脑袋。

这许多全是他的老朋友；那些屋子，那些铺地的青石板，在地上滚的铜子，横在屋上的竹竿，他认识了他们有十多年了。他也不站住了瞧抹牌，也不站住了跟人家说几句话儿，只跟这个，跟那个，点了点头，招呼了一下，急着跨大步向里边儿走去。他知道翠娟和孩子在家里等他。第一家，第二家……他知道第八家的门上贴着个斗大的财字，第九家的格子窗的糊窗纸破了一个窟窿，到了第十家，他就一脚迈了进去，马上满心欢喜地嚷着：

"宝贝儿来！爹抱。"

孩子正抱着桌子的腿，望着那扇往后进屋去的门，听见了他的声音，就又巴着两条小胖腿，撒开了胳膊跑了过来，嘻开了嘴。他一把抱起了孩子，发疯似的。亲着他的脸，手，脖子，嘴里含含糊糊的哼着：

"宝贝！乖孩子！爹疼你！"

"爹——妈……嗯——"

指着门，用没有虎牙的嘴告他爹，说妈在里边。妈却端着面盆跑出来了，把面盆放在桌上，拼着命把孩子抢过去了。孩子拿手比着：

"爹！宝贝拿着碗，"指着碗，"碗一碰！"把手一放。是说把碗扔在地上碎了。"妈——咻！"绷着脸，撇着嘴，说妈骂他。

爹和妈全笑了起来。等爹把脸沉到面盆里边，他又结结巴巴的跟妈说话儿。他摸着妈的下巴："爹有胡髭。宝贝——"亲着妈的脸，手，脖子。"宝贝——疼！"告诉妈说爹的胡髭把他刺痛了。在水里的爹的脸也笑着。

洗了脸，尽逗着孩子玩。翠娟在里边烧饭，烟冒到前面来了。他闻着那刺鼻的烟味，也闻着在锅子里爆的鱼香。瞧着挂在壁上的月份牌上面的人模糊下去，慢慢儿地只瞧得见孩子的眼珠子在那儿发光啦。天是晚了。就开了电灯。黯淡的灯光照到褪了色的板壁上，板壁上的漆已经掉了几块。他望着那旧桌子，在这上面他已经吃过十多年饭了；孩子望着壁上的大影子。翠娟端了菜出来，瞧见孩子在瞧影子，就说：

"阿炳，别瞧影子，回头半晚上又拉尿。"

孩子瞧见了妈，就从爹那儿挣扎了出来，跟着妈跑到里边，捧着只小饭碗出来。爬在桌边上跪着，嗯嗯的闹。孩子吃了进去又吐出来，吐了出来再吃进去，还箍菜给爹吃，一送送到他鼻子那儿，吃了半碗就不吃了，跪在凳上瞧爹和妈吃饭。

吃了饭，翠娟去收拾碗筷，他就坐着抽烟，一面哄孩子睡到床上去。孩子睁大着眼不想睡，尽和他闹，把被窝全跌开了，乐得眼泪直淌。他吓他，说老虎精在门外等着呢，再不睡就要来吃人了。他索性要他讲起老虎精的故事来啦。他给他缠得没法，就叫翠娟。

"你瞧，宝贝不肯睡。"

翠娟在里边儿洗碗，洗盘子。收拾完了便走出来：

"宝贝，还不睡？"

坐在床沿上，拍着做声。翠娟替他把被窝扯扯好，轻轻地站了起来。踮着脚走到桌子边坐了，两口儿谈谈白菜的价钱，厂里的新闻，和胡同里那一家生了儿子，谁和谁斗了嘴。

不一会儿，外面全静下啦。马路上只听得电车叮叮地驶了过去。猛的汽车喇叭呜的嚷了声儿，接着便是督督地敲着竹筒卖馄饨的来咧。看了看手表，是九点多了，马上就打起呵欠来，想睡了。

"睡吧。"

翠娟笑了笑，去叠被窝，他就去把门关上，喝了口茶，又打个呵欠，就躺到床上。一翻身，把胳膊搁到翠娟胸脯儿一上，翠娟轻轻地打了他一下。他笑着；一会儿他便睡熟了。

第二节

第二天醒来。匆匆地洗了脸，在睡着的孩子的脸上亲了一下，就往门外跑。街上站岗的巡捕还没来，冷清清的没一辆汽车，只有拉车的揉着眼，拉着空车在懒懒地走，穿红马夹的清道夫却已经在那儿扫马路了，一群群穿蓝大褂的，手里拿着团瓷饭站在电车站在那儿等车。

坐在拖车里，打哈欠的人，打盹的人，揉着眼的人他全没瞧见，他只想着他的掉了漆的板壁，没虎牙的孩子和翠娟。望着窗外，街上慢慢儿地热闹了起来。还是时候不早了呢？还是车从冷静的地方儿驶到热闹的地方儿来了呢？他全不管。他有一个家，一个媳妇和一个孩子！

进了机器间他不敢再想了。他留神着那大轮子，他瞧见过许多人给它的牙齿咬断了腿，咬断了胳膊，咬断了脖子的。他不能叫它沾到他的身子。要是他给它咬断了什么的话？——他不会忘记他有一个孩子和一个媳妇。可是真的他断了一条胳膊呢？大轮子隆隆地闹着，雪亮的牙齿露着，望着他。他瞧见它喀的一声儿，他倒了下去。血直冒，胳膊掉在一边……他喘了口气，不能往下想。断了条胳膊的人是怎么的？不能做工，不能赚钱，可是肚子还是要吃饭的，孩子还是要生下来的，房钱还是要出的，天还是要下雪的——

"要是有这么一天给大轮子咬断了什么呢！"——见到大轮子就这么地想着，跑到家里，见到那掉了漆的墙，见到那低低的天花板，也会这么地想起了的。想着想着，往后自家儿也慢慢儿的相信总有一天会闹出什么来了。老梦着自家儿断了条腿，成天的傻在家里，梦着媳妇跟他哭着闹，梦着孩子饿坏了，死啦，梦着……梦着许多事。在梦里他也知道是梦，急得一身冷汗，巴不得马上醒回来，一醒回来又心寒。可是心寒有吗用呢？他是成天的和大轮子在一块儿混的。

吃了晚饭，他们坐着说话。他尽瞧着翠娟。

"要是我给机器轧坏了，不能养家了，那你怎么办？"

"别放屁！开口就没好话，哪有的事——"

"譬如有这么一回事。"

"没有的事！"

"我是说譬如有这回事——说说不相干的。"

他盯住了她的眼珠子瞧，想瞧出什么来似的。

"譬如吗？"停了一会儿。"那你说我该怎么呢？"

"你说呀！我要问你怎么办。"

"我吗？我还有怎么呢？去帮人，去做工来养活你们。"

他不做声。想。过了回儿说："真的吗？"

"难道骗你？"

他不说话，笑了笑，摇了摇头。

"那么，你说怎么呢？"

"我说，你去嫁人——"

"屁！"

"我抱了孩子要饭去。"

"为什么说我去嫁人呢？你要我去嫁人吗？"

“你受不了艰穷。”

“屁！别再瞎说霸道，我不爱听。”

他不说话，又笑了笑，摇了摇头。

晚上他睡不着。他瞧见自家儿撑着拐杖，抱着孩子，从这条街拐到那条街。

孩子哭了。翠娟含含糊糊的哼着："宝吸睡啦宝贝睡……妈妈疼宝贝——"轻轻儿的拍着他；不一会儿娘儿俩都没声了。

他瞧见自家儿撑着拐杖，抱着孩子，从这条街拐到那条街。他听见孩子哭。他瞧见孩子死在他怀里。他瞧见自家儿坐在街沿上，捧着脑袋揪头发，拐杖靠在墙上。

猛的，他醒了回来。天亮。他笑自家儿："怯什么呀？"

他天天壮着胆笑自家儿："怯什么呀？"逗着孩子过日子，日子很快地过去了。

是六月，闷热得厉害。晚上没好好地睡，叫蚊子咬很了，有点儿头昏脑涨的。他瞧着大轮子一动，那雪亮的钢刀，喀的砍下来，一下子就把那挺厚的砖切成两半。皮带隆隆的在半空中转，要转出火来似的。他瞧见一个金苍蝇尽在眼前飞。拿袖子抹抹汗。他听见许多许多的苍蝇在他脑袋里边直闹。眼前一阵花。身子往前一冲，瞧见那把刀直砍下来，他叫了一声儿，倒啦。

迷迷糊糊地想："我抱了孩子要饭去。"便醒了回来。有人哭，那是翠娟，红肿着眼皮儿望他。他笑了一笑。

“哭什么？还没死呢！”

“全是你平日里胡说霸道，现在可应了。”

“你怎么跑来了？孩子扔在家里没人管！”

“你睡了两天，不会说话。你说，怎不急死我！”

“我说，你怎么跑来了，把孩子扔在家里——”

“我说呀，你怎么一下子会把胳膊伸到那里边去了？”

“真累赘，你怎么专跟我抢说话，不回我的话呀？我问你，孩子交给谁管着。”

“大姑在家里管着他。”

“姊姊吗？”

"对。姑丈和大伯伯上厂里要钱去了，这里医院要钱呢。"

"家里零用还有吧，我记得还有二十多块钱在那儿。"

她低下了脑袋去抹泪。

"可是，往后的日子长着呢。"

"再说吧，还有一条胳膊咧。"

他望着她，心里想："我抱着孩子要饭去吧。"一面就催她回去看孩子。她又坐了好久，也没话说，尽抹泪。一条手帕全湿了。他又催她。她才走。她走了，他就想起了拐角那儿的西乐队，饽饽铺子的铁杓敲在锅沿上的声音……老虎灶里的那个胖子还是把铜勺子竖在灶上站在那儿吧！接着便是那条小胡同，熟悉的小胡同，斗大的财字……他是躺在这儿，右胳膊剩了半段，从胳膊肘那儿齐齐地切断了，像砖那么平，那么光滑。

第二天，姊姊，哥，和姊夫全来了。他们先问我怎么会闹出那么的事来的，往后又讲孩子在家里要爹，他们给缠得没法，又讲到昨儿上厂里去要钱的事，说好容易才见着厂长，求了半天，才承他赏了五十元钱。说厂里没这规矩，是他瞧你平日做人勤谨，他分外赏的，还叫工头给抽去了五元，多的全交给翠娟了。

"往后怎么过呢？"

听了这话，他闭着嘴里他们。他们全叫他瞧得把脑袋移了开去。他说："我也不知道，可是活总是要过的。"过了回儿又说："我想稍微好了些，搬到家里养去，医院里住不起。"

"究竟身子要紧，钱是有限的！我们总能替你想法。"

"不。现在是一个铜子要当一个铜子甩了。"

在医院里住了两个礼拜。头几天翠娟天天来，坐在一旁抹泪，一条手帕全湿了才回去。往后倒也不哭了，办跟他谈谈孩子，谈谈以后的日子。她也从不说起钱，可是他从她的话里边听得出钱是快完了。那天她走进来时，还喘着气，满头的细汗珠子，脊梁盖儿全湿啦。

"怎么热得这个模样儿？"

"好远的路呢！"

"走来的吗？"

"不——是的。我嫌电车里挤得闷，又没多少路，反正没事，所以就走来了。"

"别哄我。是钱不够了，是不是？"

她不说话。

"是不是？"

猛的两颗泪珠掉下来啦，拿手帕掩着鼻子点了点头。

"还剩多少？"

"十五。可是往后的日子长着呢。"

"厂里拿来的五十元钱呢？全用在医院里了吗？"

她哭得抽抽咽咽的。

"怎么啦？你用了吗？"

"大伯伯骗你的，怕你着急。厂里只争到三十元，这里用的全是他和姑丈去借来的。我们的二十多，我没让他们知道。"

"哦！"想了想。"我明天搬回家去吧。"

"可是你伤口还没全好哪。"

"还是搬回去吧。"

他催着她回去了。明天早上，他哥来接他，坐了黄包车回去。他走过那家绸缎铺子，那家饽饽铺子，胡同还是和从前一样。走到胡同里边，邻舍们全望着他，望着他那条断了的胳膊。门那儿翠娟抱着孩子在那儿等着。孩子伸着胳膊叫爹。他把孩子抱了过来，才觉得自家儿是真的少了一条胳膊了。亲着孩子的脸，走到屋子里边，还是那掉了漆的墙壁，什么都没动，只是地板脏了些，天花板那儿挂着蛛网。他懂得翠娟没心思收拾屋子。孩子挣下地来，睁大着眼瞧他的胳膊。

"爹！"指着自家儿的胳膊给爹看。

"乖孩子！"

孩子的脑门下长满了痱子。只要孩子在，就是断了条胳膊还是要活下去的！这时候有些人跑进来问候他。他向他们道了谢。等他们走了，身子也觉得有点乏，便躺在床上。哥走的时候儿，还跟他说："你要钱用，尽管跟我要。"他只想等伤再稍微好了些，就到厂里去看看。他还是可以做工的，只是不能再像别人那么又快又好罢咧。翠娟忽然叹了口气道：

"你真瘦狠咧。"

"拿面镜子我照一下。"

镜子里是一张长满了胡髭的瘦脸，他不认识了。扔了镜子——"我还是要活下去的！"

"现在我可真得去帮人了。"

"真的吗？"

"要不然，怎么着呢？咱们又不能一辈子靠别人，大伯伯和姑丈也不是有钱的，咱们不能牵累他们。"

"真的吗？"

"你等着瞧。"

他笑了笑，摇了摇头，瞧见自家儿用一条胳膊抱着孩子从这条街跑到那条街。

第三节

每天在家里，总是算计着往后怎么过活。他可以到厂里去瞧一下，工是还可以做，厂里也许还要他。就是厂里不用他，也可以做些小本生意，卖糖果，卖报纸。翠娟出去帮人也赚得几个钱一月。可是孩子呵！孩子不能让翠娟走的。法子总不会没有，只要身子复了元就行咧。

过了几天，饭比从前吃得下些了，就到哥和姊夫那儿去走了一遭，谢了他们，托他们瞧瞧有什么事做没有。回到家里，媳妇笑着跟他商量。

"我真的帮人去了，你说可好？"

"真的吗？"

"自然真的。有个小姊妹在西摩路王公馆里做房里的，荐我到那边儿去，你说怎么着？"

"也好。"

"六元钱一月，服侍他们的二少爷，带着洗衣服，旁的就没什么事……"

她唠唠叨叨地说了一大串儿。他没听，望着坐在地上玩的孩子。他听见过许多人说，娘儿一到公馆里去做，就不愿意再回家受穷。也瞧见过他伙伴的媳妇帮了半年人就跟着那家的汽车夫跑了。有一个朋友的媳妇也在大公馆帮人，他要她回来。天天跑去跟她闹，未了，叫她的主人给撵了出来。那么的事多极了，他听见过许多，他也瞧见过。翠娟又生得端整。

"真的去帮人吗？"

"你怎么啦！人家高高兴兴地跟你讲……"

"不怎么。"

"你这人变了。掉了条胳膊，怎么弄得成天的丧魂落魄的，跟你讲话也不听见。"

"阿炳怎么呢，你去帮人？"

"有什么'怎么呢'，又不是去了就不回来了。你在家里不能照顾他不成？"

"他离不了你哪。"

"要不然，你说怎么着呀？坐吃山空，你又不能赚钱。"

他又望着孩子。

"说呀！你怎么啦，人家跟你说话，老不存心听。"

"唔？"

"你说怎么着？"

"也好。那天去呢？"

"那天都可以去。我想等你再健壮些才去。"

"等几天也好。"

伤口是早就好了，就为了流多了血，身子虚，成天傻在家里，没事，有时候抱着孩子到门口去逛逛，站在人家后面瞧抹牌，到胡同外面带着孩子去瞧猴子玩把戏，孩子乐了，他也乐。姊姊也时常来瞧他。跟翠娟谈谈，倒也不烦闷。日子很容易混了过去。脸上也慢慢儿地有了血色了。翠娟想下礼拜到王公馆去，他也想到厂里去一回。那天吃了中饭，他便坐了电车往厂里走。

到了厂里，他先上机器间去。已经有一个小子代了他的位子了。那大轮子还是转着，钢刀还是一刀刀的砍下来。从前的伙伴们乐得直吆唤，叫他过去。他站在机器前面笑着。真快，一个多月啦。

"伙计，你没死吗？"

"还算运气好。掉了一条胳膊。"

"我们总以为你死咧。你没瞧见，我们把你抬到病车里去时，你脸白得多怕人。"

"可不是吗？自家儿倒一点不怕。"

那工头过来了，跟他点了点头。

"好了吗？"

"好了。"

"躺了多久。"

"一个多月。"

"你也太小心咧。"

"是吗！"

"如今在哪儿？"

"没事做。"

"现在找事情很不容易呢 1"

"我想——"

他的伙伴岔了进来道："那么你打算怎么呢？"

"我打算到这儿来问问看，还要不要人，我还能做。"

那工头瞧着代他的那小子道："已经有人了。"

"总可以商量吧？"

他瞧着他的断了的胳膊嚷道："很难吧。你自家儿去跟厂长谈吧，他在写字间。"

他便向他们说了再会，跑去了。

推开了门进去，厂长正坐在写字台那儿跟工程师在说话。见他进来，把手里的烟卷儿放到烟灰缸上，望了他一望。

"什么事？"

"我是这里机器间里的——"

"不就是上个月切断了胳膊的吗？"

"是。"

"不是拿了三十元医药费吗？还有什么事？"

"先生，我想到这里来做——"

"这里不能用你。"

"先生，我还有媳妇孩子，一家人全靠我吃饭的——"

"这里不能用你。"

"先生，可是我在这里做了十多年，胳膊也是断在这儿的，现在你不能用我，我能到那儿去呢？"

他摇了摇头："这里不能用你。"

"总可以商量吧？"

"你要商量别人怎么呢？断了胳膊的人不止你一个。我们要用了你。就不能不用别人，全用了断胳膊的，我们得关门了。"

"先生。总可以商量吧？"

"话说完了。你这人好累赘！"

"难道一点儿也不能商量吗？"

他不给回，和工程师讲话去了。

"你知道我的胳膊是断在你厂里的。"

"跟你说话说完了，出去吧！我的事多着。"

"我在这里做了十多年了！"

他按了按桌上的铃，是叫人来撵他的神气。他往前走了一步，站在桌前，把剩下来的一条胳膊直指到他脸上。

"你妈的！你知道一家子靠我吃饭吗！"

"你说什么？给我滚出去！你这混蛋！"

门开了，走进了一个人来，捉住了他的胳膊，推他出去。他也不挣扎，尽骂，直骂到门口。他脸也气白啦。糊糊涂涂的跑了许多路，什么也不想，只想拿刀子扎他，出口气。现在是什么都完了。还有谁用他呢？可是也许一刀子扎不死他，也许他活着还能赚钱养家，也许还能想法。扎了他一刀子，官司是吃定了，叫翠娟他们怎么过活呢？顶好想个法子害他一场。可是有什么法子呢？他来去都是坐汽车的。想着想着，一肚子的气跑回家里。孩子跑过来抱住了他的腿，要他抱出去玩。

"走开，婊子养的！"

翠娟白了他一眼，也没觉得。孩子还是抱住了不放，他伸手一巴掌，打得他撒了酥儿了，翠娟连忙把他抱了过去，一面哄着他：

"宝贝别哭。爹坏！打！好端端的打他干什么？对了，打！打爹！宝贝别哭。阿炳乖！爹坏！真是的。你好端端的打他干什么！"

他本来躺着在抽烟的，先还忍着不做声，末了，实在气恼狠了，便粗声粗气的："累赘什么！"

"你大爷近来脾气大了，动不动就没好气！"

"不是我脾气大了，是我穷了。才说了这么句话，就惹你脾气大脾气小。"

"什么穷了，富了？你多咱富过了？嫁在你家里，我也没好吃好穿的过一天，你倒穷的富的来冤屈人！"

"对啦！我本来穷，你跟着我挨穷也是冤屈你了！现在我穷得没饭吃啦，你是也可以走咧。"

"你发昏了不是？"

"什么帮人不帮人，我早就明白是说说罢咧——"

她赶了过来，气得一时里说不出话来。顿着脚，好一会儿，才："你——"哇地哭了出来。"你要死咧！"

这一哭，哭得他腻烦极了。

"婊子养的死泼妇！我们家就叫你哭穷了，还哭，哭什么的？"

"你骂得好！"她索性大声儿地哭闹起来。

他伸手一巴掌："好泼妇！"

孩子本来不哭了，在抹泪，这一下吓得他抱着妈的脖子又哭啦。这当儿有人进来劝道："好好的小夫妻闹什么！算是给我脸子，和了吧。"

她瞧有人进来，胆大了，索性哭得更厉害，一边指着他："你们评评理，一个男儿汉不能养家活口，我说去帮人，他说我想去偷汉，还打我，你打！你打！"

"我打你又怎么样？"他赶过去，给众人拦住了。

"小夫妻吵嘴总是有的。何苦这么大闹。大嫂你平平气，一夜夫妻百恩，晚上还不是一头睡的。大叔你也静静心，她就是有不是，你也担待担待。真是，何苦来！"

他一肚子的冤屈的闷坐在那儿，又不好说。翠娟不哭了，一面抹泪，一面说道："我走！我让他！他眼睛里头，就放不下我。他要我走。我就走给他看。"一面还哄孩子。孩子见妈不哭，他也不哭了，抹着泪骂爹："爹坏！打！"

劝架的瞧他们不闹了，坐了回儿也走了。他闷坐在那儿。孩子也坐在那儿不做声。她也闷坐在那儿。他过了会儿便自家儿动手烧了些饭吃了，她也不吃饭，把孩子放在床上，打开了箱子整理衣服。他心里想："你尽管走好了。"她把衣服打了一包，坐到孩子的小床床沿上，哄孩子睡。他没趣，铺了被窝，也睡了。

早上，他给孩子哭醒来，听见孩子哭妈，赶忙跳起来，只见孩子爬在床上哭，不见翠娟。他抱着孩子，哄他别哭，到外面一找，没有。咋儿晚上打的包不见了，桌子上放着八元钱。她真的走了！他也不着急。过几天总得回来的。

"爹，妈呢？"

"妈去买糖给宝贝吃。宝贝乖，别哭！妈就回来的。"

可是孩子不听，尽哭着要妈。他没法，只得把他放在床上，去弄些水洗了脸，买了些沸水冲了些冷饭胡乱地吃了。喂孩子吃，孩子不肯吃，两条小胖腿尽踢桌子，哭着嚷：

"妈呀！"

打了他几下，他越加哭得厉害啦，哄着他，他还是哭。末了。便抱了他瞧猴子玩把戏去。一回到家里，他又哭起来了。

闹了两天。翠娟真的不回来，他才有点儿着急。跑到他翁爹那儿去问，说是到西摩路帮人去了。丈母还唠唠叨叨地埋怨他："你也太心狠了，倒打得下手。早些天为什么不来？自家儿做了错事，还不来赔不是！她天天哭，气狠了，她说再也不愿意回去了。我做娘的也不能逼着她回去。"

"还要我跟她赔不是！你问她，究竟是谁的不是呀？她瞧我穷了，就天天闹，那天是她闹起来的——"

"你这话倒好听，好像她嫌你穷了，想另外再嫁人似的。"

"是呀，我穷了，你丈母也瞧不起我了——"

"我倒后悔把她嫁了你穷小子……"

又说翻了嘴。他赌着气跑出来，想到姊那儿去，叫她去跟翠娟说，孩子要妈，天天哭，回头一想，又不知道她在西摩路那儿，又不愿意回到翁爹家去问。随她吧，看她能硬着心肠不回来。回到家里，刚走到破了一个窟窿的格子窗那儿，就听得——

"妈呀！"哭着。

隔壁的李大嫂正在哄他。见他进来！就把孩子送给他：

"爹来了！拿去吧，我真累死了！"

他抱着孩子在屋子里来回地踱，孩子把脑袋搁在他肩上呜呜地哭着。踱到那边儿,他看见那扇褪了色的板门,踱回来,他就瞧见一个铜子咕噜噜的在门外滚过去。一个脏孩子跳着跟在后边儿,接着就是拍的一声,骨牌打在桌面上。慢慢儿的孩子便睡着了。他放下了孩子,胳膊有点儿酸疼,就坐着抽烟。

天天这么的,抱着孩子在屋子里踱,等翠娟回来。姊又来看了他一次,劝他耐心等,她总要回来的。他却赌气说:

"让她,嫁人去吧!我早就知道她受不了艰穷!"

可是他还是天天抱着孩子等;孩子哭,他心急。几次想上翁爹家里去,又不愿意去瞧人嘴脸,只得忍住了。孩子不肯吃饭,一天轻似一天。钱一天天的少了下去。过了一礼拜,翠娟还没回来,他瞧见自家儿抱着病了的孩子,从这条街跑到那条街。

第二天他只得跑到翁爹家去,丈母不在,翁爹告诉了他翠娟在那里。他又赶到姊那儿,要她马上就去。他和孩子在姊家里等。孩子哭,他哄孩子:

"宝贝别哭。乖!姑妈接妈去了。妈就来!"

他一遍遍地说着;他瞧见姊和翠娟一同走了进来,翠娟绷着脸不理他。他向她说好话,赔不是。真等了半天,姊才回来。他望着她,心要跳到嘴里来啦。

"她什么话也没说。我说孩子哭妈,她只冷笑了一声儿。"

"你是说孩子哭妈吗?"

"我是说孩子哭妈,她就笑了一声儿。"

"她孩子也不要了吗?"

"我不知道,她只冷笑了一声儿。"

他冷笑了一声儿,半晌不说话。亲了亲孩子:"宝贝乖!爹疼你!咱们回去。"孩子先听着他们说话,现在又哭起来了。

回到家里,他抱着哭着的孩子踱。

"爹,妈呢?"

他冷笑了一声儿,踱过去,又踱回来。

"爹,妈呀!要妈!"

他又冷笑了一声儿,又踱过去,又踱回来。

第四节

孩子病了。

抱在手里，轻极了，一点不费力。孩子的脑袋一天比一天大啦。只干哭，没眼泪。眼珠子陷在眼眶里，瞧爹。他心皇急。他听着他的哭声——他的哭声一天显得比一天乏。他自家儿有好几个晚上没好好儿的睡了。

饭是要吃的。钱已经从哥那儿借了不少，姊夫那儿也借了，又没心思做生意，孩子也没人管。成天的想着翠娟，他知道她的左胳膊上是有一颗大黑痣的。可是翠娟没回来。

他带了孩子，走到西摩路，找到那地方儿。是一座很大的洋房。按了下电铃。大铁门上开扇小铁门，小铁门上一扇小铁窗开了，一颗巡捕脑袋露出来。

"对不起，翠娟在不在这儿？"

"没有的，什么翠娟。你找谁呀？"

"新来的一个佣人，不十分高，长脸蛋的。"

"可是在二少爷房里的？"

"对啦！"

那巡捕开开了门让他进去，叫他等一会儿。他暗地里叫了声天，觉得腿也跑乏了，胳膊也抱酸了，便靠在墙上歇着。不一会儿那巡捕走了出来，问他道：

"你姓什么？"

"姓林"。

"翠娟说他没丈夫的。"

"我就是他的丈夫嘛！"

"你弄错人了。这里的翠娟没有丈夫的。走吧！"

他只得跑了出来，站在路上。他等着。他想等她出来。

"爹，妈呀！"孩子的声音像蚊子的那么细。

"别哭，妈就来的。"

直等到天晚，他走了回去。没吃饭，望着孩子发愁。孩子不会哭了。他踱着，踱到半晚上，孩子眼皮一阖。

“宝贝！宝贝！”

孩子不做声，也不动。

他再叫了声儿：“宝贝！”

孩子不做声，也不动。

他一声儿不言语，抱着孩子，踱到那边儿看见褪了漆的门，踱到这边儿，看到纸糊的格子窗，窗外静悄悄的。

他一声儿不言语。抱着孩子，踱到那边儿，看见褪了漆的门。门里边那间屋子从天窗那儿漏下一块模模糊糊的光来。踱到这边儿。看到那纸糊的格子窗，窗前的地板上也有了一扇格子窗。

猛的，他坐到床上，放了孩子，用他那条又酸又麻的胳臂托着脑袋，揪着头发，哭了。

他尽坐在那儿，泥塑的似的。傍晚儿，他把孩子装蒲包里边，拎了出去。回来时走过那家绸缎铺子，那家饽饽铺子，那家老虎灶，拐弯，进了胡同，第一家，第二家……胡同里有人打牌，有人滚铜子……第八家，门上斗大的财字，第九家，格子窗破了窟窿，跨到自家儿家里——空的，只有他一个人。门也不带上，又跑去了。

半晚上，他回来啦，红着眼珠子，扶着墙，呕着，摸到自家儿门口，推开门跨进去，绊在门槛上，一跤跌下去，就躺在那儿一动不动的，嘴犄角儿喷着沫，嘴啃在地上，臭的香的全吐了出来，便打起鼾来啦。

第五节

接连着好几天，喝得那么稀醉的回来。第二天早上醒回来，不是躺在地上，就是爬在床铺底下。脸上涎子混着尘土，又脏又瘦。家也乱得不像了。到处都是呕出来的东西，也不打扫；被窝里边真腥气。白天也睡在那儿，一醒，望着那只孩子抱过的桌脚，想：

“这回我可完了。”

有时，他醒回来，会看见一只黑猫躲在桌下吃他吐出来的东西。见他一动，它就呜的缩到角里望着他。也没人来瞧他，他什么也不想，一醒就检了件衣服去买酒吃。

"活着有什么意思呀 1 哈哈！"

仰着脖子，一杯。

"活着有什么意思呀！哈哈！"

仰着脖子，又是一杯。一杯，两杯，三杯……慢慢儿的眼前的人就摇晃起来了，便站起来，把荷包里的钱全给了跑堂儿的，也不唱戏，也不哭，也不笑，也不说话，只跌着，跑着的回家去。第二天睁开眼来，摸一下脑袋，有血，脑袋摔破了，腰也摔疼了。

有一次，他也不知道是白天是晚上，睁开眼来，好像瞧见翠娟站在床前，桌上还搁着只面盆，自家儿脸上很光滑，像刚洗过脸似的。翠娟像胖了些，大声儿跟他说：

"你怎么弄得这个模样儿了？"

他唔了一声。

"孩子呢？"

他又唔了一声。

"孩子，阿炳在哪儿？"

"阿炳？"他睁开眼来，想了想。"不知道。"

"怎么不知道？"

"好像是死了。"

闭上眼又睡啦。再醒回来时，翠娟不见了，屋子里还是他一个人，也记不清刚才是梦还是什么。他只记得翠娟像胖了些。

"翠娟胖了些咧。"他心里乐。

被窝里的腥气直扑，地上积了许多尘土，呕出来的东西发硬了，许多苍蝇爬在上面。便想起了从前的家，瞧见他吐了嘴里咬着的电车票走回家来，阿炳抱着桌子脚在那儿玩……谁害他的？谁害得他到这步田地的？他咬紧着牙想，他听见厂长在他耳旁说：

"这里不能用你。"

他又记起了自家儿给人家撵出来。

"死是死定了，可是这口气非得出呵！"

他尽想着。

第二天他揣着把刀子，往厂里走去，他没钱坐电车。他没喝醉，人很清楚，咬着牙，人是和从前不大相同了，只三个月，他像过了三十年，脸上起了皱纹，眼望着前面，走着。到了厂门口，老远的就望见一辆病车在那儿。走近了，只见一个小子，腿断了，光喘气，血淌得一身。许多人围着瞧，他也挨了进去。

断了胳膊，断了腿的不只他一个呢！

隔着垛墙，就听得里边的机器响。他想跑到里边去瞧一下。那雪亮的钢刀，还是从前那么的一刀刀砍下来。地上一大堆血，还有五六个人在那儿看，全是挨砍的脸。他们都不认识他了。他知道他自家儿变得厉害，也不跟他们招呼。他看着这许多肮脏的人，肮脏的脸。他瞧见他们一个个的给抬了出去，淌着血。他又看见他们的媳妇跑了，孩子死了。他又听见这句话：

"这里不能用你。"

天下不知道有多少砖厂，多少工人；这些人都是挨砍的，都得听到这句话的。给砍了的不只他一个，讲这话的不止一个厂长。扎死了一个有嘛用呢？还有人会来代他的。

一句话也不说，他跑出了厂门。他走着走着。他想着想着。他预备回去洗个脸把屋子打扫一下。他不想死了。

走过饽饽铺子那儿，铁杓当的一声儿，他第一次笑啦。

被当做消遣品的男子

　　那天回到宿舍，对你这张会说话的嘴，忘了饥饿地惊异了半天。我望着蓝天，如果是在恋人面前，你该是多么会说话的啊——这么想着。过着这尼庵似的生活，可真寂寞呢。

　　再这么下去，连灵魂也要变化石啦……可是，来看我一次吧！蓉子。

　　克莱拉宝似的字在桃红色的纸上嬉嬉地跳着回旋舞，把我围着——"糟糕哪"，我害怕起来啦。

　　第一次瞧见她，我就觉得："可真是危险的动物哪！"她有着一个蛇的身子。猫的脑袋，温柔和危险的混合物。穿着红绸的长旗袍儿，站在轻风上似的，飘荡着袍角。这脚一上眼就知道是一双跳舞的脚。践在海棠那么可爱的红缎的高跟儿鞋上。把腰肢当做花瓶的瓶颈，从这上面便开着一枝灿烂的牡丹花……一张会说谎的嘴，一双会骗人的眼——贵品哪！

　　曾经受过亏的我。很明白自己直爽的性格是不足对付姑娘们会说谎的嘴的。和她才会面了三次，总是怀着"留神哪"的心情，听着她丽丽拉拉地从嘴里泛溢着苏州味的话，一面就这么想着。这张天真的嘴也是会说谎的吗？也许会的——就在自己和她中间赶忙用意志造了一道高墙。第一次她就毫没遮拦地向我袭击着。到了现在，这位危险的动物竟和我混得像十多年的朋友似的。"这回我可不会再上当了吧？不是我去追求人家，是人家来捕捉我的呢！"每一次回到房里总躺在床上这么地解剖着。

　　再去看她一次可危险了！在恋爱上我本来是低能儿。就不假思索地，开头便——"工作忙得很哪"的写回信给她。其实我正空得想去洗澡。从学堂里回来，梳着头发，猛地在桌子上发现了一只青色的信封，剪开来时，是——

"为什么不把来看我这件事也放到工作表里面去呢！来看我一次吧！在校门口等着。"真没法儿哪，这么固执而孩子气得可爱的话。穿上了外套，抽着强烈的吉士牌，走到校门口，她已经在那儿了。这时候儿倒是很适宜于散步的悠长的煤屑路，长着麦穗的田野，几座荒凉的坟，埋在麦里的远处的乡村，天空中横飞着一阵乌鸦……

"你真爱抽烟。"

"孤独的男子是把烟卷儿当恋人的。它时常来拜访我，在我寂寥的时候，在车上，在床上，在默想着的时候，在疲倦中的时候……甚至在澡堂里它也会来的。也许有人说它不懂礼貌，可是我们是老朋友……"

"天天给啤酒似的男子们包围着，碰到你这新鲜的人倒是刺激胃口的。"

糟糕，她把我当做辛辣的刺激物呢。

"那么你的胃也不是康健的。"

"那都是男子们害我的。他们的胆怯，他们的愚昧，他们那种老鼠似的眼光，他们那装做悲哀的脸……都能引起我的消化不良症的。"

"这只能怪姑娘们太喜欢吃小食。你们把雀巢牌朱古力糖，Sunkist，上海啤酒，糖炒栗子，花生米等混在一起吞下去，自然得患消化不良症哩。给你们排泄出来的朱古力糖，Sunkist……能不装做悲哀的脸吗？"

"所以我想吃些刺激品啊！"

"刺激品对于消化不良症是不适宜的。"

"可是，管它呢！"

"给你排泄出来的人很多吧？"

"我正患着便秘，想把他们排泄出来，他们却不肯出来，真是为难的事哪。他们都把心放在我前面，摆着挨打的小丑的脸……我只把他们当傻子罢哩。"

"危险哪，我不会也给她当朱古力糖似的吞下。再排泄出来吗？可是，她倒也和我一样爽直！我看着她那张红菱似的嘴——这张嘴也会说谎话吗？"这么地怀疑着。她蹲下去在道儿旁摘了朵紫色的野花，给我簪在衣襟上；"知道吗，这花的名儿？"

"告诉我。"

"这叫 Forget-me-not"就明媚地笑着。

天哪，我又担心着。已经在她嘴里了，被当做朱古力糖似的含着！我连忙让女性嫌恶病的病菌，在血脉里加速度地生殖着。不敢去看她那微微地偏着的脑袋，向前走，到一片草地上坐下了。草地上有一片倾斜的土坡，上面有一株柳树，躺在柳条下，看着盖在身上的细影。蓉子坐在那儿玩着草茨子。

"女性嫌恶症患者啊，你是！"

从吉士牌的烟雾中，我看见她那骄傲的鼻子，嘲笑我的眼，失望的嘴。

"告诉我，你的病菌是那里来的。"

"一位会说谎的姑娘送给我的礼物。"

"那么你就在杂志上散布着你的病菌不是？真是讨厌的人啊！"

"我的病菌是姑娘们消化不良症的一味单方。"

"你真是不会叫姑娘们讨厌的人呢！"

"我念首诗你听吧——"我是把！ouise Gij more 的即席小诗念着：

假如我是一只孔雀，
我要用一千只眼
看着你。
假如我是一条蜈蚣，
我要用一百只脚
追踪你。
假如章鱼，
我要用八只手臂
拥抱你。
假如我是一头猫
我要用九条性命
恋爱你。
假如我是一位上帝，
我要用三个身体
占有你。

她不做声，我看得出她在想，真是讨厌的人呢！刚才装做不懂事，现在可又米了。

"回去吧。"

"怎么要回去啦？"

"男子们都是傻子。"她气恼地说。

不像是张会说谎的嘴啊！我伴了她在铺满了黄昏的煤屑路上走回去，窸窣地。

接连着几天，从球场上回来，拿了网拍到饭店里把 After-noon Tea 装满了肚子。舒适地踱回宿舍去的时候，过丁五分钟，闲得坐在草地上等晚饭吃的时候，从课堂里挟了书本子走到运动上去溜荡的时候，总看见她不是从宿舍往校门口的学校 Bus 那儿跑，就是从那儿回到宿舍去。见了我，只是随便地招呼一下，也没有信来。

到那天晚上，我正想到图书馆去，来了一封信：

"到我这儿来一次——知道吗？"这么命令似的话。又要去一次啦！就这么算了不好吗？我发觉自己是站在危险的深渊旁了。可是，末了，我又跑了去。

月亮出来了，在那边，在皇宫似的宿舍的屋角上，绯色的，大得像只盆子。把月亮扔在后面，我和她默默地走至校门外，沿着煤屑路走去，那条路像流到地平线中去似的，猛的一辆汽车的灯光从地平线下钻了出来，道旁广告牌上的抽着吉士牌的姑娘在灯光中愉快地笑，又接着不见啦。到一条桥旁，便靠了栏杆站着。我向月亮喷着烟。

"近来消化不良症好了吧？"

"好了一点儿。可是今儿又发啦。"

"所以又需要刺激品了不是？"

在吉士牌的烟雾中的她的脸笑了。

"我念首诗给你听。"

她对着月亮，腰靠在栏杆上。我看着水中她的背影。

假如我是一只孔雀，
我要用一千只眼

看着你。

假如我是一条蜈蚣。

我要用一百只脚

追踪你。

假如我……

我捉住了她的手。她微微地抬着脑袋，微微地闭着眼——银色的月光下的她的眼皮是紫色的。在她花朵似的嘴唇上，喝葡萄酒似地，轻轻地轻轻地尝着醉人的酒味。一面却——"我大概不会受亏了吧！"这么地快乐着。

月亮照在背上，吉士牌烟卷儿掉到水里，流星似的，在自己的眼下，发现了一双黑玉似的大眼珠儿。

"我是一瞧见了你就爱上了你的！"她把可爱的脑袋埋在我怀里，嬉嬉地笑着。"只有你才是我在寻求着的，哪！多么可爱的一副男性的脸子，直线的，近代味的……温柔的眼珠子，懂事的嘴……"

我让她那张会说谎的嘴，啤酒沫似的喷溢着快板的话。

"这张嘴不是会说谎的吧。"到了宿舍里，我又这么地想着。楼上的窗口有人在吹 Saxophone，春风吹到脸上来，卷起了我的领子。

"天哪！天哪！"

第二天我想了一下，觉得危险了。她是危险的动物，而我却不是好猎手。现在算是捉到了吗？还是我被她抓住了呢？可是至步……我像解不出方程式似的烦恼起来。到晚上她写了封信来，天真地说："真是讨厌的人呢！以为你今天一定要来看我的，哪知道竟不来。已是我的猎获物了，还这么倔强吗？……"我不敢再看下去，不是已经说得很明白了吗？不能做她的猎获物的。把信往桌上一扔，便钻到书籍城，稿子山，和墨水江里边儿去躲着。

可是糟糕哪！我觉得每一个O字都是她的唇印；墙上钉着的 Vi! ma Banky 的眼，像是她的眼，Nancy Carro! 的笑劲儿也像是她的，顶奇怪的是她的鼻子长到 Norme Shearer 的脸上去了。末了这嘴唇的花在笔杆上开着，在托尔斯泰的秃脑袋上开着，在稿纸上开着……在绘有蔷薇花的灯罩上开着……拿起信来又看下去："你怕我不是？也像别的男子那么的胆怯不成？今晚上的月亮，像披着一层雾似的蹒跚地走到那边柳枝上面了。可是我爱瞧你那张脸哪——在平面的线条上，向空中突出一条直线来而构成了一张立体的写生，是奇迹呢！"这么刺激的，新鲜的句子。

再去一次吧，这么可爱的句子呢。这些克莱拉宝似的字构成的新鲜的句子围着我，手系着手跳着黑底舞，把我拉到门宫去了——它们是可以把世界上一切男子都拉到那儿去的。

坐在石阶上，手托着腮，歪着头，在玫瑰花旁低低地唱着小夜曲的正是蓉子，门灯的朦胧的光，在地上刻划着她那鸽子似的影子，从黑暗里踏到光雾中，她已经笑着跳过来了。

"你不是想从我这儿逃开去吗？怎么又来啦？"

"你不在等着我吗？"

"因为无聊，才坐在这儿看夜色的。"

"嘴上不是新擦的 Tangee 吗？"

"讨厌的人哪！"

她已经拉着我的胳膊，走到黑暗的运动场中去了。从光中走到光和阴影的溶合线中，到了黑暗里边，也便站住了。像在说，"你忘了啊"似的看着我。

"蓉子，你是爱我的吧？"

"是的。"

这张"嘴"是不会说谎的，我就吻着这不说谎的嘴。

"蓉子，那些消遣品怎么啦？"

"消遣品还不是消遣品罢哩。"

"在消遣品前面，你不也是说着爱他的话的吗？"

"这都因为男子们太傻的缘故，如果不说，他们是会叫花似的跟着你装着哀求的脸，卑鄙的脸，憎恨的脸，讨好的脸，……碰到跟着你歪缠的花子们，不是也只能给一个铜子不是？"

也许她也在把我当消遣品呢，我低着脑袋。

"其实爱不爱是不用说的，只要知道对方的心就够。我是爱你的。你相信吗？是吗；信吗？说呀j我知道你相信的。"

我瞧着她那骗人的说谎的嘴明知道她在撒谎，可还是信了她的谎话。

高速度的恋爱哪！我爱着她，可是她对于我却是个陌生人。我不明白她，她的思想，灵魂，趣味是我所不认识的东西。友谊的了解这基础还没造成，而恋爱已经凭空建筑起来啦！

每天晚上，我总在她窗前吹着口笛学布谷叫。她总是孩子似的跳了出来，嘴里低低地唱着小夜曲，到宿舍门口叫："A! exy"，我再吹着口笛，她就过来了。从朦胧的光里踏进了植物的阴影里，她就攀着我 Coat 的领子，总是像在说"你又忘了啊"似的等着我的吻，我一个轻轻的吻，吻了她。就——"不会是在把我当消遣品吧"这么地想着，可是不是我花子似的缠着她的，是她缠着我的啊，以后她就手杖似的挂在我胳膊上，飘荡着裙角漫步着。我努力在恋爱下面，建筑着友谊的基础。

"你读过《茶花女》吗？"

"这应该是我们的祖母读的。"

"那么你喜欢写实主义的东西吗？譬如说，左拉的《娜娜》，朵斯退益夫斯基的《罪与罚》……"

"想睡的时候拿来读的，对于我是一服良好的催眠剂。我喜欢读保尔穆杭，横光利一，崛口大学，刘易士——是的我顶爱刘易士。"

"在本国呢？"

"我喜欢刘呐鸥的新的艺术，郭建英的漫画，和你那种粗暴的文字，犷野的气息……"

真是在刺激和速度上生存着的姑娘哪，蓉子！Jazz，机械，速度，都市文化，美国味，时代美……的产物的集合体。可是问题是在这儿——

"你的女性嫌恶症好了吧？"

"是的，可是你的消化不良症呢？"

"好多啦，是为了少吃小食。"

"1931 年的新发现哪！女性嫌恶症的病菌是胃病的特效药。"

"可是，也许正相反。消化不良的胃囊的分泌物是女性嫌恶症的注射剂呢？"

对啦，问题是在这儿。换句话说，对于这位危险的动物，我是个好猎手，还是只不幸的绵羊？

真的，去看她这件事也成为我每日工作表的一部分——可是其他工作是有时因为懒得可以省掉的。

每晚上，我坐在校园里池塘的边上，听着她说苏州味的谎话，而我也相信了这谎话。看着水面上的影子，低低地吹着口笛，真像在做梦。她像孩子似地数着天上的星，一颗，两颗，三颗……我吻着她花朵似的嘴一次，两次，三次，……

"人生有什么寂寞呢？人生有什么痛苦呢？"

吉士牌的烟这么舞着，和月光溶化在一起啦。她靠在我肩上，唱着 Kiss me again，又吻了她，四次，五次，六次……

于是，去看她这会事，成为我生活的一部分了。洗澡。运动，读书。睡觉，吃饭再加上了去看她，便构成了我的生活。——生活是不能随便改变的。

可是这恋爱的高度怎么维持下去呢？用了这速度，是已经可以绕着地球三圈了。如果这高速度的恋爱失掉了它的速度，就是失掉了它的刺激性，那么生存在刺激上面的蓉子不是要抛弃它了吗？不是把和这刺激关联着的我也要抛弃了吗？又要摆布着消遣品去过活了呢！就是现在还没把那些消遣品的滓排泄干净啊！解公式似的求得了这么个结论，真是悲剧哪——想出了这么的事，也没法子，有一天晚上，我便写了封信给她——

医愈了我的女性嫌恶症，你又送了我神经衰弱症。碰到了你这么快板的女性啊！这么快的恋爱着，不会也用同样的速度抛弃我的吗？想着这么的事，我真担心。告诉我，蓉子，会有不爱我的一天吗？

想不到也会写这么的信了；我是她的捕获物。我不是也成了缠着她的花子吗？

"危险啊！危险啊！"

我真的患了神经衰弱症。可是，她的复信来了："明儿晚上来，我告诉你。"是我从前对她说话的口气呢。雀巢牌朱古力，Sunkist，上海啤酒，糖炒栗子……希望我不是这些东西吧。

第二天下午我想起了这些事，不知怎么的忧郁着。跑去看蓉子，她已经出去啦。十万吨重量压到我心上。竟会这么关心着她了！回到宿舍里，房里也没一个人，窗外运动场上一只狗寂寞地躺在那儿，它跟我飞着俏媚眼。戴上了呢帽，沿着××路向一个俄罗斯人开的花园走。我发觉少了件东西，少了个伴着我的姑娘。把姑娘当手杖带着，至少走路也方便点儿哪。

在柳影下慢慢地划着船，低低地唱着 Rio Rita，也是件消磨光阴的好法子。岸上站着那个管村的俄国人，悠然地喝着 Vodka，抽着强烈的俄国烟，望着我。河里有两只白鹅，躺在水面上，四面是圆的水圈儿。水里面有树，有蓝的天，白的云，猛的又来了一只山羊。我回头一瞧，原来它正在岸旁吃草。划到荒野里，就把桨搁在船板上。平躺着，一只手放在水里，望着天。让那只船顺着水淌下去，像流到天边去似的。

有可爱的歌声来了，用女子的最高音哼着 Minuet in G 的调子，像是从水上来的，又依依地息在烟水间。可是我认识那歌声，是那张会说谎的嘴里唱出来的。慢慢儿的近了，听得见划桨的声音。我坐了起来——天哪！是蓉子！她靠在别的一个男子肩上，那男子睁着做梦的眼，望着这边儿。近啦，近啦，攘着过去啦！

"A！exy。"

这么叫了我一声，向我招着手；她肩上围着白的丝手帕，风吹着它往后飘，在这飘着的手帕角里，露着她的笑。我不管她，觉得女性嫌恶症的病菌又在我血脉里活动啦。拼命摇着桨，不愿意回过脑袋去，倒下去躺在船板上。流吧，水呀！流吧，流到没有说谎的嘴的地方儿去，流到没有花朵似的嘴的地方儿去，流到没有骗人的嘴的地方儿去，啊！流吧，流到天边去，流到没有人的地方去，流到梦的王国里去，流到我所不知道的地方去……可是，后边儿有布谷鸟的叫声哪！白云中间现出了一颗猫的脑袋，一张笑着的温柔的脸，白的丝手帕在音乐似的头发上飘。

我刚坐起一半，海棠花似的红缎高跟儿鞋已经从我身上跨了过去，蓉子坐在我身旁，小鸟似的挂在我肩膊肘上。坐起来时，看见那只船上那男子的惊异的脸，这脸慢慢儿的失了笑劲儿，变了张颓丧的脸。

"蓉子。"

"你回去吧。"

他怔了一会儿就划着船去了。他的背影渐渐的小啦，可是他那唱着 I be! ong to girj who bej ongs to the sombody ej se 的忧郁的嗓子，从水波上轻轻地飘过来。

"傻子呢！"

"……"

"怎么啦？"

"……"

她猛的抖动着银铃似的笑声。

"怎么啦？"

"瞧瞧水里的你的脸哪——一副生气的脸子！"

我也笑了——碰着她那么的人，真没法儿。

"蓉子，你不是爱着我一个人呢！"

"我没爱着你吗？"

"刚才那男子吧？"

"不是朱古力糖吗？"

想着她肯从他的船里跳到我的船里，想着他的那副排泄出来的朱古力糖似的脸……"

"可是，蓉子，你会有不爱我的一天吗？"

她把脑袋搁在我肩上，叹息似的说：

"会有不爱你的一天吗？"

抬起脑袋来，抚摸着我的头发，于是我又信了她的谎话了。

回去的路上，我快乐着——究竟不是消遣品呢！

过了三天，新的欲望在我心里发芽了。医愈了她的便秘吧。我不愿意她在滓前面，也说着爱他们的话。如果她不听我的话，就不是爱我一个人，那么还是算了的好；再这么下去，我的神经衰弱症怕会更害得厉害了吧：这么决定了，那天晚上就对蓉子说：

"排泄了那些滓吧！"

"还有呢？"

"别时常出去！"

"还有呢？"她猛地笑了。

"怎么啦？"

"你也变了傻子哪！"

听了这笑声，猛的恼了起来。用憎恨的眼光瞧了她一回，便决心走了。简直把我当孩子！她赶上来，拦着我，微微地抬着脑袋，那黑玉似的大眼珠子，长眼毛……攀住了我的领子；

"恨我吗？"

尽瞧着我，怕失掉什么东西似的。

"不，蓉子。"

蓉子踮着脚尖。像抱着只猫，那种 Touch。她的话有二重意味，使你知道是谎话，又使你相信了这谎话。在她前面我像被射中了的靶子似的，僵直地躺着。有什么法子抵抗她啊！可是，从表面上看起来，还是被我克服着呢，这危险而可爱的动物。为了自以为是好猎手的骄傲而快乐着。

蓉子有两个多礼拜没出去。在我前面，她猫似的蜷伏着，像冬天蹲在壁炉前的地毡上似的。我惊异着她的柔顺。Week end 也只在学校的四周，带着留声机，和我去行 Picnic。她在软草上躺着在暮春的风里唱着，在长着麦的田野里孩子似地跑着，在坟墓的顶上坐着看埋到地平线下去的太阳，听着田野里的布谷鸟的叫声，笑着，指着远处天主堂的塔尖偎着我……我是幸福的。我爱着她，用温柔的手，聪明的笑，二十岁的青春的整个的心。

可是好猎手被野兽克服了的日子是有的。

礼拜六下午她来了一封信：

今儿得去参加一个 Party。你别出去；我晚上回来的——我知道你要出去的话，准是到舞场里去，可是我不愿意知道你是在抱着别的姑娘哪。

晚上，在她窗前学着布谷鸟的叫声。哄笑骑在绯色的灯光上从窗帘的缝里逃出来，等了半点钟还没那唱着小夜曲，叫 "A! exy" 的声音。我明白她是出去了。啤酒似的，花生似的，朱古力糖似的，Sunkist 似的……那些消遣品的男子的睑子，一副副的泛上我的幻觉。走到校门口那座桥上，想等她回来，瞧瞧那送她回来的男子——在晚上坐在送女友回去的街车里的男子的大胆，我是很明白的。

桥上的四支灯，昏黄的灯光浮在水面上。默默地坐着。道儿上一辆辆的汽车驶过，车灯照出了街树的影。又过去了，没一辆是拐了弯到学校里来的，末了，在校门外夜色里走着的恋人们都进来了；他们是认识我的，惊奇的眼，四只四只的在我前面闪烁着。宿舍的窗口那儿一只 Saxophone 冲着我——

"可以爱的时候爱着吧！女人的心，霉雨的天气，不可测的——"张着大嘴呜呜地嚷着。想着在别人怀里的蓉子，真像挖了心脏似的。直到学校里的灯全熄了，踏着荒凉的月色，秋风中的秋叶似的窸窣地。独自个儿走回去，像往墓地走去那么忧郁……

礼拜日早上我吃了早点，拿了《申报》的画报坐在草地上坐着看时，一位没睡够的朋友，从校外进来，睁着那喝多了 Cocktai！的眼，用那双还缠着华尔兹的腿站着，对我笑着道：

"蓉子昨儿在巴黎哪，发了疯似的舞着——Oh，Sorry，她，四周浮动着水草似的这许多男子，都恨不得把她捧在头上呢！"

到四五点钟，蓉子的信又来啦。把命运放在手上，读着：

"没法儿的事，昨儿晚上 Party 过了后，太晚了，不能回来。今儿是一定回来的，等着我吧。"

站在校门口直等到末一班的 Bus 进了校门，还是没有她。我便跟朋友们到"上海"去。崎岖的马路把汽车颠簸着，汽车把我的身子像行李似的摇着，身子把我的神经扰着，想着也许会在舞场中碰到她的这回事，我觉得自己是患着很深的神经衰弱症。

先到"巴黎"，没有她，从 Jazz 风，舞腿林里，从笑浪中举行了一个舞场巡礼，还是没有她。再回到巴黎，失了魂似的舞着到十一点多，瞧见蓉子，异常地盛装着的蓉子，带了许多朱古力糖似的男子们进来了。

于是我的脚踏在舞女的鞋上，不够，还跟人家碰了一下。我颓丧地坐在那儿，思量着应付的方法。蓉子就坐在离我们不远儿的那桌上。背向着她，拿酒精麻醉着自己的感觉。我跳着顶快的步趾，在她前面亲热地吻着舞女。酒精炙红了我的眼，我是没了神经的人了。回到桌子上，侍者拿来了一张纸，上面压着一只苹果：

何苦这么呢？真是傻子啊！吃了这只苹果，把神经冷静一下吧。瞧着你那疯狂的眼。我痛苦着哪。

回过脑袋去，那双黑玉似的大眼珠儿正深情地望着我。我把脑袋伏在酒杯中间，想痛快地骂她一顿。Fox—trot 的旋律在发光的地板上滑着。

"A！exy？"

她舞着到我的桌旁来。我猛地站直了：

"去你的吧，骗人的嘴。说谎的嘴！"

"朋友，这不像是 Gent! eman 的态度呀。瞧瞧你自己，像一只生气的熊呢……"伴着她的男子，装着嘲笑我的鬼脸。

"滚你的，小兔崽子，没你的份儿。"

"Yuh"拍！我腮儿上响着他的手掌。

"Say What's the big idea？"

"NO，A! exy Say no，by go! ! y! "蓉子扯着我的胳膊，惊惶着。我推开了她。

"You don't meant……"

"I mean it，"

我猛地一拳，这男子倒在地上啦。蓉子见了为她打人的我一副不动情的扑克脸：坐在桌旁。朋友们把我拉了出去：说着 "I'm through" 时，我所感觉到的却是犯了罪似的自惭做了傻事的心境。

接连三天在家里，在床旁，写着史脱林堡的话，读着讥嘲女性的文章，激烈地主张着父亲家族制……

"忘了她啊！忘了她啊！"

可是我会忘了这会说谎的蓉子吗？如果蓉子是不会说谎的，我早就忘了她了。在同一的学校里，每天免不了总要看见这会说谎的嘴的。对于我。她的脸上长了只冷淡的鼻子———礼拜不理我。可是还是践在海棠那么可爱的红缎的高跟儿鞋上，那双跳舞的脚；飘荡着袍角，站在轻风上似的，穿着红绸的长旗袍儿；温柔和危险的混合物，有着一个猫的脑袋，蛇的身子……

礼拜一上纪念周，我站在礼堂的顶后面，不敢到前面去，怕碰着她。她也来了，也站在顶后面，没什么事似的，嬉嬉地笑着。我摆着张挨打的脸，求恕地望着她。那双露在短袖口外面的胳膊是曾经攀过我的领子的。回过头来瞧了我的脸，她想笑，可是我想哭了。同学们看着我，问我，又跑过去看她，问她，许多人瞧着我，纪念周只上了一半。我便跑出去啦。

下一课近代史，我的座位又正在她的旁边。这位戴了眼镜，耸着左肩的讲师，是以研究产业革命著名的，那天刚讲到这一章。铅笔在纸上的摩擦用讲师喷唾沫的速度节奏地进行着。我只在纸上——"骗人的嘴啊：骗人的嘴啊……"写着。

她笑啦。

"蓉子！"

红嘴唇像闭着的蚌蛤。我在纸片上写着："说谎的嘴啊，可是愿意信你的谎话呢！可以再使我听一听你的可爱的谎话吗？"递给她。

"下了课到××路的草地上等我。"

又记着她的札记，不再理我了。

一下课我便到那儿去等着。已经是夏天啦，麦长到腰，金黄色的。草很深。广阔的田野里全是太阳光。不知那儿有布谷鸟的叫声，叫出了四月的农村。等判决书的杀人犯似地在草地上坐着。时间凝住啦。好久她还没来。学校里的钟声又飘着来了，在麦田中徘徊着，又溶化到农家的炊烟中。于是，飞着的鸽子似地来了蓉子，穿着白绸的 Pyjamas，发儿在白绸结下跳着 Tango 的她。是叫我想起了睡莲的。

"那天你是不愿意我和那个男子跳舞不是？"

劈头便这么爽直地提到了我的罪状，叫我除了认罪以外是没有别的辩诉的可能了。我抬起脑袋望着这亭亭地站着的审判官。用着要求从轻处分的眼光。

"可是这些事你能管吗？为什么用那么傻的方法呢。你的话，我爱听的自然听你，不爱听你是不能强我服从的。知道吗？前几天因为你太傻，所以不来理你，今儿瞧你像聪明点儿——记着……"她朗诵着刑法的条例，我是只能躺在地下吻着她的脚啦。

她也坐了下来，把我的脑袋搁在她的腿上，把我散乱的头发往后扔，轻轻地说道："记着，我是爱你的，孩子。可是你不能干涉我的行动。"又轻轻地吻着我。闭上了眼，我微微地笑着，——"蓉子"这么叫着，觉得幸福——可是这幸福是被恕了的罪犯的。究竟是她的捕获物啊 j

"难道你还以为女子只能被一个人崇拜着吗？爱是只能爱一个人。可是消遣品，工具是可以有许多的。你的口袋里怕不会没有女子们的照片吧。"

"啊。蓉子。"

从那天起，她就让许多人崇拜着，而我是享受着被狮子爱着的一只绵羊的幸福。我是失去了抵抗力的。到末了，她索性限制我出校的次数，就是出去了晚上九点钟以前也是要到她窗前去学着布谷鸟叫声报到的——我不愿意有这种限制吗？不，就是在八点半坐了每点钟四十英里的车赶回学校来，到她窗前去报到，也是引着我这种 fide! ity 以为快乐的。可是……甚至限制着我的吻她啦。可是，在狮子前面的绵羊，对于这种事有什么法子想呢。虽然我愿意拿一滴血来换一朵花似的吻。

记得有一天晚上，她在校外受了崇拜回来，紫色的毛织物的单旗袍，——在装饰上她是进步的专家。在人家只知道穿丝织品，使男子们觉得像鳗鱼的时候，她却能从衣服的质料上给你一种温柔的感觉。还是唱着小夜曲，云似地走着的蓉子。在银色的月光下面，像一只有银紫色的翼的大夜蝶，沉着地疏懒地动着翼翅，带来四月的气息，恋的香味，金色的梦。拉住了这大夜蝶，想吞她的擦了暗红的 Tangee 的嘴。把发际的紫罗兰插在我嘴里，这大夜蝶从我的胳膊里飞去了。嘴里含着花，看着翩翩地飞去的她，两只高跟儿鞋的样子很好的鞋底在夜色中舞着，在夜色中还颤动着她的笑声。再捉住了她时，她便躲在我怀里笑着，真没法儿吻她啊。

"蓉子，一朵吻，紫色的吻。"

"紫色的吻，是不给贪馋的孩子的。"

我骗她，逼她，求她，诱她，可是她老躲在我怀里。比老鼠还机警哪。在我怀里而不让我耍嘴儿，不是容易的事。时间就这么过去了。

"蓉子。如果我骗到了一个吻，这礼拜你得每晚上吻我三次的。"

"可以的，可是在这礼拜你骗不到，在放假以前不准要求吻我，而且每天要说一百句恭维我的话，要新鲜的，每天都不同的。"

比欧洲大战还剧烈的战争哪，每天三次吻，要不然，就是每天一百句恭维话，新鲜的，每天不同的。还没决定战略，我就冒昧地宣战了。她去了以后，留下一种优柔的温暖的香味，在我的周围流着，这是我们的爱抚所生的微妙的有机体。在这恋的香味氤氲着的地方，我等着新的夜来把她运送到我的怀里。可是新的夜来了，我却不说起这话。再接连三天不去瞧她。到第四天，抓着她的手，装着哀愁的脸，滴了硫酸的眼里，流下两颗大泪珠来。

"蓉子！"我觉得是在做戏了。

"今天怎么啦；像是很忧郁地？"

"怎么说呢，想不到的事。我不能再爱你了！给我一个吻吧，最后的吻！"我的心跳着，胜败在这刹那间可以决定咧。

她的胳臂围上我的脖子，吻着；猛的黑玉似的大眼珠一闪，她笑啦。踮起脚尖来，吻着我，一次，两次，三次。

"聪明的孩子！"

这一星期就每晚上吃着紫色的 Tangee 而满足地过活着。可是她的唇一天比一天冷了，虽然天气是一天比一天的热起来。快放假啦，我的心脏因大考表的贴在注册处布告板上而收缩着。

"蓉子，你慢慢儿的不爱我了吧？"

"傻子哪！"

这种事是用不到问的，老练家是不会希望女人们讲真话的。就是问了她们会告诉你的吗？傻子哪！我不会是她的消遣品吧？可是每晚上吻着的啊。

她要参加的 Party 愈来愈多了，我和她在一起的时候渐渐地减少啦。我忧郁着。我时常听到人家报告我说她和谁在这儿玩，和谁在那儿玩。绷长了脸，人家以为我是急大考，谁知道我只希望大考期越拉长越好。想起了快放假了这件事，我是连读书的能力都给剥夺了的。

"就因为生在有钱人家才受着许多苦痛呢。什么都不能由我啊，连一个爱人也保守不住。在上海，我是被父亲派来的人监视着的，像监视他自己的财产和门第一样。天哪！他忙着找人替我做媒。每礼拜总有两三张梳光了头发，在阔领带上面微笑着的男子的照片寄来的，在房里我可以找到比我化妆品还多的照片来给你看的，我有两个哥哥，见了我总是带一位博士硕士来的。都是刮胡须刮青了脸的中年人。都是生着轻蔑病的：有一次伴了我到市政厅去听音乐，却不刮胡须，'还等你化装的时候儿又长出来的'这么嘲笑着我。"

"那么你怎么还不订婚呢？博士，硕士，教授，机会不是很多吗？"

"就因为我只愿意把他们当消遣品。近来可不对了，爹急着要把我出嫁，像要出清底货似的。他不是很爱我的吗？我真不懂为什么要把自己心爱的女儿嫁人。伴他一辈子不好吗？我顶怕结婚，丈夫，孩子，家事，真要把我的青春断送了。为什么要结婚呢？可是现在也没法子了，爹逼着我，说不听他的话，下学期就不让我到上海来读书。要结婚，我得挑一个顶丑顶笨的人做丈夫，聪明的丈夫是不能由妻子摆布的。我高兴爱他时就爱他，不高兴就不准他碰我。"

"一个可爱的恋人，一个丑丈夫，和不讨厌的消遣品——这么安排着的生活不是不会感到寂寞吗，……"

"你想订婚吗？"

蓉子不说了，咬着下嘴唇低低地唱着小夜曲，可是。忽然掉眼泪啦，珍珠似的，一颗，两颗，……

"不是吗？"

我追问着。

"是的，和一位银行家的儿子：崇拜得我什么似的。像只要捧着我的脚做丈夫便满足了似地。那小胖子。我们的订婚式，你预备送什么？"

说话的线索在这儿断了。忧虑和怀疑，思索和悲哀……被摇成混合酒似地在我脑子里边窜着。

蓉子站在月光中。

"刚才说的话都是骗你的。我早就订了婚。未婚夫在美洲，这夏天要回来了；他是个很强壮的人，在国内时足球是学校代表，那当儿，他时常抚着我的头，叫我小妹妹的，可是等他回来了，我替你介绍吧。"

"早就订了婚了？"

"怎么啦？吓坏你了吗！骗你的啊，没订过婚，也不想订婚。瞧你自己的惊惶的脸哪！如果把女子一刹那所想出来的话都当了真，你得变成了疯子呢？"

"我早就疯了。你瞧，这么地，……"

我猛的跑了开去，头也不回地。

考完了书，她病啦。

医生说是吃多了糖，胃弱消化不了。我骑着脚踏车在六月的太阳下跑十里路到××大学去把她的闺友找来伴她，是怕她寂寞。到上海去买了一大束唐纳生替她放在床旁。吃了饭，我到她的宿舍前站着，光着脑袋，我不敢说一声话。瞧着太阳站在我脑袋上面，瞧着太阳照在我脸上面，瞧着太阳移到墙根去，瞧着太阳躲到屋脊后面，瞧着太阳沉到割了麦的田野下面。望着白纱帐里边平静地睡着的蓉子。把浸在盐水里边儿的自家儿的身子也忘了。

在梦中我也记挂着蓉子，怕她病瘦了黑玉似的火眼珠啊。第二天我跑去看她，她房里的同学已经走完啦。床上的被褥凌乱着，白色的唐纳生垂倒了脑袋，寂寞地萎谢了。可是找不到那对熟悉的大眼珠儿，和那叫我 A！exy 的可爱的声音。问了阿妈，才知道是她爹来领回去啦。怕再也看不到她了吧？

在窗外怔了半天。萧萧地下雨啦。

在雨中，慢慢地，落叶的蛩音似的，我踱了回去。装满了行李的汽车，把行李和人一同颠簸着，接连着往校门外驶。在荒凉的运动场旁徘徊着，徘徊着，那条悠长的悠长的煤屑路，那古铜色的路灯，那浮着水藻的池塘，那广阔的田野，这儿埋葬着我的恋，蓉子的笑。

直到晚上她才回来。

"明儿就要回家去了，特地来整行李的。"

我没话说。默默地对坐着，到她们的宿舍锁了门，又到她窗前去站着。外面在下雨，我就站在雨地里。她真的瘦了，那对大眼珠儿忧郁着。

"蓉予为什么忧郁着？"

"你问它干吗儿呢？"

"告诉我，蓉子，我觉得你近来不爱我了，究竟还爱着我吗？"

"可是你问它干吗儿呢？"

隔了一回。

"你是爱着我的轻？永远爱着我的吧？"

"是的，蓉子，用我整个的心。"

她隔着窗上二的铁栅抱了我的脖子，吻了我一下"那么永远地爱着我吧。"——就默默地低下了脑袋。

回去的路上，我才发觉给雨打湿了的背脊，没吃晚饭的肚子。

明天早上在课堂的石阶前又碰到了蓉子。

"喜会吧！"

"再会吧！"

她便去了，像秋天的落叶似的，在斜风细雨中，蔚蓝色的油纸伞下，一步一步地踏着她那双可爱的红缎高跟鞋。回过脑袋来，抛了一个像要告诉我什么似的眼光。于是低低地，低低地，唱着小夜曲的调子，走进柳条中去了。

我站在那儿。细雨给我带来了哀愁。

过了半天，我跑到她窗前去，她们宿舍里的人已经走完了。房里是空的床，空的桌子。墙上钉着的克莱拉宝的照片寂寞地笑，而唐纳生也依依地躺在地板上了。割了麦的田野里来了布谷鸟的叫声。我也学着它，这孤独的叫声在房间里兜了一圈，就消逝啦。

在六月的细雨下的煤屑路，寠寠地走出来，回过脑袋去，柳条已经和暮色混在一块儿了。用口笛吹着 Souvenir 的调子，我搭了最后一班 Bus 到上海。

　　写了八封信，没一封回信来。在马路上，张着疯狂的眼，瞧见每一个穿红衣服的姑娘，便心脏要从嘴里跳出来似地赶上去瞧，可是，不是她！不是她啊！在舞场里，默默地坐着，瞧着那舞着的脚，想找到那双踏在样子很好的红缎高跟鞋儿上面的，可爱的脚，见了每一双脚都捕捉着，可是，不是她！不是她啊！到丽娃栗妲村，在河上，慢慢地划着船，听着每一声从水面上飘起来的歌。想听到那低低的小夜曲的调子。可是，没有她！没有她啊！在宴会上，看着每一只眼珠子，想找到那对熟悉的，藏着东方的秘密似的黑眼珠子；每一只眼，棕色的眼，有长睫毛的眼。会说话的眼。都在我搜寻的眼光下惊惶着。可是，不是她！不是她啊！在家里，每隔一点钟看一次信箱，拿到每一封信都担忧着，想找到那跳着回旋舞的克莱拉宝似的字。可是，不是她！不是她啊！听见每一个叫我名字的声音，便狼似地竖起了耳朵，想听到那渴望着的"A! exy"的叫声。可是，不是她！不是她啊！到处寻求说着花似的谎话的嘴，欺人的嘴。可是，不是她！不是她啊……

　　她曾经告诉我。说也许住在姑母家里，而且告诉我姑母是在静安寺路，还告诉了我门牌。末了。我便决定去找了，也许我会受到她姑母的侮辱，甚至于撵出来。可是我只想见一次我的蓉子啊。六月的太阳，我从静安寺走着，走到跑马厅，再走回去，再走到这边儿来，再走到那边儿去。压根儿就没这门牌。六月的太阳，接连走了四五天，我病倒啦。

　　在病中，"也许她不在上海吧。"——这么地安慰着自己。

　　老廖，一位毕了业的朋友回四川去，我到船上送他。

　　"昨儿晚上我瞧见蓉子和不是你的男子在巴黎跳舞，……"

　　我听到脑里的微细组织一时崩溃下来的声儿。往后，又来一个送行的朋友。又说了一次这样的话。他们都是我的好朋友，他们都很知道我的。

　　"算了吧！After a!！，it'S regret！"

　　听了这么地劝着我的话，我笑了个给排泄出来的朱古力糖淬的笑。老廖弹着 Guitar，黄浦江的水，在月下起着金的鱼鳞。我便默着。

　　"究竟是消遣品吧！"

回来时，用我二十岁的年轻的整个的心悲哀着。

"孤独的男子还是买支手杖吧。"

第二天，我就买了支手杖。它伴着我，和吉士牌的烟一同地，成天地，一步一步地在人生的路行着。

莲花落

漂泊着，秋天的黄叶子似地，一重山又一重山。一道水又一道水——我们是两个人。

和一副檀板。一把胡琴，一同地，从这座城到那座城，在草屋子的柴门前，在嵌在宫墙中间的黑漆大门前。在街上，在考场里，我们唱着莲花落，向人家化一个铜子，化一杯羹，化一碗冷饭——我们是两个人。

是的，我们是两个人，可是她在昨天死了。

是二十年前，那时我的头发还和我的眼珠子那么黑，大兵把我的家轰了。一家人死的死了，跑的跑了，全不知哪去啦。我独自个儿往南跑，跑到傍晚时真跑累了，就跑到前面那只凉亭那儿去。就在那儿我碰到了她。她在里边，坐在地上哭，哭得抽抽咽咽的。我那时候儿还怕羞，离远些坐了下来。她偷偷儿地瞧了瞧我，哭声低了些。我心里想：劝劝她吧！这姑娘怎么一个人在这儿哭。

"别哭了，姑娘！哭什么呢！"我坐在老远的跟她说。

她不做声还是哭，索性哭得更高声点儿。这事情不是糟了吗？我不敢再说话。我往凉亭外面望，不敢望她。天是暗了，有一只弯月照着那些田。近的远的，我找不到一点火。一只狗子站在亭外面冲着我望，我记得还是只黑狗。我们家里也有只黑狗，我们的牛是黄的，还有一只黑鸡，毛长得好看。想杀它三年了没忍心杀它。我们还有只花猫，妹妹顶爱那只猫，爹顶恨，说它爱偷嘴，可是妈妈是爱妹妹的，爹是爱我的。那只花猫偷吃了东西，爸要砍它脑袋，妹妹抱住了不放，爹就打她，妈听见她哭就打我，我一闹，爹和妈就斗起嘴来了。可是爹哪去了？妈和妹妹哪去了？还有那只黑狗，那只黄牛，那只花猫呢？它们哪去了？

我想着想着也想哭了，她却不知什么时候停了的，不哭啦。我把脑袋回过去瞧了瞧，她也赶忙把脑袋回过去，怕难为情，不让我瞧她的脸。我便从后边儿瞧着她。她在那儿不知道在吃什么，吃得够香甜的。唱的，我咽了口儿粘涎子，深夜里听起来，像打了个雷似的。她回过脑袋来瞧，我不知怎么的咽的又咽了口儿粘涎子，她噗哧的笑出来啦，我好难为情！她拿出个馍馍来。老远的伸着胳膊拿着。我也顾不得难为情。红着脸跑过去就吃，也不敢说话。吃完了便看着她吃，她还有五个。她一抬脑袋，我连忙把眼光歪到一边。她却又拿了一个给我，我脸上真红热得了不得。

"多谢你！"我说。

吃完了，她又给了我两个。

"真多谢你！"我说。

"还要不要？"

我怎么能说还不够呢？我说够了。

"不饿吗，那么个男儿汉吃这么一些。"

"不饿。你怎么会独个儿在这儿的呢？"

"一家子全死完咧！"她眼皮儿一红，又想哭啦。我赶忙不做声，过了回儿，等她好了，我才说道："怎么呢？"

"他们打仗，把我们一家子全打完咧。"

"你到哪儿去呢？"

"我能到哪儿去呢？"

"你打算逃哪儿去？"

"我没打算往哪儿逃，带了几个馍馍。一跑就跑到这儿来啦。你呢？"

"我连粮食也没带，没叫大兵给打死。还是大运气，那能打算往哪儿跑？跑到哪儿算哪儿罢咧。"

那时候儿我和她越坐越近了，我手一摆。碰了她的手，我一笑，很不好意思地挪了挪身子。

"你还是坐远点儿吧？"

我便挪开些，老远的对坐着说话儿。

时候可真不早了，天上的星密得厉害，你挤我。我挤你，想把谁挤下来似的。凉亭外面的草全在露水里湿着，远处几棵倒生的树向月亮伸着枝干。一阵阵风吹过来，我也觉得有点儿冷。亭子外边儿一只夜鸟叫了一声儿，那声气够怪的，像鬼哭，叫人心寒，接着就是一阵风。她把脖子一缩，哆嗦了一下。我瞧了她一眼。

"你还是坐过来些吧？"她说。

"你冷吗？"

"我害怕。"

我挪过去贴着她坐下了。我刚贴着她的身子，她便一缩道："你不会？"瞧着我。

我摇了摇头。

她便靠在我身上道："我累了！"

就闭上了眼。

我瞧着她，把我的疲乏，把我的寂寞全丢了。我想，我不是独自个儿活在世上咧，我是和她一同地在这亭子里——我们是两个人。

第二天起来，她有了焦红的腮帮儿，散了的眉毛，她眼珠子里的处女味昨儿晚上给贼偷了。她望了望天，望了望太阳，又望了望我，猛的掩着脸哭了起来。我不敢做声，我知道自家做错了事。她哭了好一会儿，才抬起脑袋来，拿手指指着我的鼻子道："都是你！"

我低下了脑袋。

"你说不会的。"

"我想不到。"

她又哭，哭了一会儿道："叫我怎么呢？"

"我们一块儿走吧！"

我们就一同往南走。也不知跑哪儿走，路上她不说话，我也不敢说话。走到一家镇上。她说："我真饿了。"我就跑到一家大饼铺子那儿，跟那个掌柜的求着道："先生，可怜见我，饿坏了。全家给大兵打了，跪了一天一晚，没东西吃。"那掌柜的就像没听见。我只得走了歼来，她站在那儿拐弯角儿上，用埋怨的脸色等着我，我没法儿，走到一家绸缎铺子前面，不知怎么的想起了莲花落，便低了脑袋：

> 嗳呀嗳子喂！
> 花开梅花落呀。
> 一开一朵梅花！
> 腊梅花！

我觉得脸在红起来。旁边有许多人在围着看我；我真想钻到地下去。这时候儿我猛地听见还有一个人在跟着我唱，一瞧，却是她，不知那儿弄来的两块破竹片，拿在手里，的的得得地拍着。我气壮了起来，马上挺起厂胸子，抬起脑袋米。高声儿的唱着莲花落——我们是两个人在唱着。

就从那天起，漂泊着，秋叶似地，从这座城到那座城。后来我们又弄到了一把破胡琴，便和一把胡琴，一副檀板，一同地，一重山又一重山，一道水又一道水，在草屋子的柴门前面。在黑漆的大门前面，我们唱着莲花落。

昨天晚上，我们坐在一条小胡同里。她有点寒热，偎在我的身旁，看了我的头发道："你的头发也有点儿灰了。"

"可不是吗，四十多了，那能叫头发不白。"

"我们从凉亭里跑出来，到现在有二十多年，快三十年咧。光阴过得真快呀！你还记得吗，有一年我们在河南。三天没讨到东西吃，你那当儿火气大极了。不知怎么一来就打了我，把我腰那儿打得一大块青！你还记得吗？"

"你不是还把我的脸抓破了吗？"

"在凉亭里那晚上不也很像今儿吗？"

我抬起脑袋来：在屋檐那儿，是一只弯月亮。把黑瓦全照成银色的。

"可是我真倦了！"她把脑袋靠在我肩上，好重。

我也没理会。只管看月亮。可是她就那么地死去咧。

和一副檀板，一把胡琴，一同地，一道水又一道水，一重山又一重山，在草屋子的柴门前面，在黑漆大门前面，在街上，在麦场里，我们一同地唱着莲花落。我们在一块儿笑一块儿哭，一块儿叹息，一块儿抹眼泪：世界上有个我，还有个她——我们是两个人。

是的，我们是两个人，可是她在昨天晚上死了。

夜总会里的五个人

一　五个从生活里跌下来的人

1932 年 4 月 6 日星期六下午：

金业交易所里边挤满了红着眼珠子的人。

标金的跌风，用一小时一百基罗米突的速度吹着，把那些人吹成野兽，吹去了理性，吹去了神经。

胡均益满不在乎地笑。他说：

"怕什么呢？再过五分钟就转涨风了！"

过了五分钟，——

"六百两进关啦！"

交易所里又起了谣言："东洋大地震！"

"八十七两！"

"三十二两！"

"七钱三！"

（一个穿毛葛袍子，嘴犄角儿咬着象牙烟嘴的中年人猛地晕倒了。）

标金的跌风加速地吹着。

再过五分钟，胡均益把上排的牙齿，咬着下嘴唇——

嘴唇碎了的时候，八十万家产也叫标金的跌风吹破了。

嘴唇碎了的时候，一颗坚强的近代商人的心也碎了。1932 年 4 月 6 日星期六下午：

郑萍坐在校园里的池旁。一对对的恋人从他前面走过去。他睁着眼看；他在等，等着林妮娜。

昨天晚上他送了只歌谱去，在底下注着：

如果你还允许我活下去的话，请你明天下午到校园里的池旁来。为了你。我是连头发也愁白了！

林妮娜并没把歌谱退回来——一晚上，郑萍的头发又变黑啦。

今天他吃了饭就在这儿等，一面等，一面想：

"把一个钟头分为六十分钟，一分钟分为六十秒，那种分法是不正确的。要不然，为什么我只等了一点半钟，就觉得胡髭又在长起来了呢？"

林妮娜来了，和那个长腿汪一同地。

"Hey，阿萍，等谁呀？"长腿汪装鬼脸。

林妮娜歪着脑袋不看他。

他哼着歌谱里的句子：

陌生人啊！
从前我叫你我的恋人，
现在你说我是陌生人！
陌生人啊！
从前你说我是你的奴隶
现在你说我是陌生人！
陌生人啊……

林妮娜拉了长腿汪往外走，长腿汪回过脑袋来再向他装鬼脸。他把上面的牙齿，咬着下嘴唇：——

嘴唇碎了的时候，郑萍的头发又白了。

嘴唇碎了的时候，郑萍的胡髭又从皮肉里边钻出来了。

1932 年 4 月 6 日星期六下午：

霞飞路，从欧洲移殖过来的街道。

在浸透了金黄色的太阳光和铺满了阔树叶影子的街道上走着。在前面走着的一个年轻人忽然回过脑袋来看了她一眼，便和旁边的还有一个年轻人说起话来。

她连忙竖起耳朵来听：

年轻人甲——"五年前顶抖的黄黛茜吗！"

年轻人乙——"好眼福！生得真……阿门！"

年轻人甲——"可惜我们出世太晚了！阿门！女人是过不得五年的！"

猛地觉得有条蛇咬住了她的心，便横冲到对面的街道上去。一抬脑袋瞧见了橱窗里自家儿的影子——青春是从自家儿身上飞到别人身上去了。

"女人是过不得五年的！"

便把上面的牙齿咬紧了下嘴唇：——嘴唇碎了的时候，心给那蛇吞了。

嘴唇碎了的时候，她又跑进买装饰品的法国铺子里去了。

1932 年 4 月 6 日星期六下午：

季洁的书房里。

书架上放满了各种版本的莎士比亚的 HAM! ET，日译本，德译本，法译本，俄译本，西班牙译本……甚至于土耳其文的译本。

季洁坐在那儿抽烱，瞧着那烟往上腾，飘着，飘着。忽然他觉得全宇宙都化了烟往上腾——各种版本的 HAM! ET 张着嘴跟他说起话来啦：

"你是什么？我是什么？什么是你？什么是我？"

季洁把上面的牙齿咬着下嘴唇。

"你是什么？我是什么？什么是你？什么是我？"

嘴唇碎了的时候，各种版本的 HAM! ET 笑了。

嘴唇碎了的时候，他自家儿也变了烟往上腾了。

一九 × 年——星期六下午。

市政府。

一等书记缪宗旦忽然接到了市长的手书。

在这儿干了五年，市长换了不少，他却生了根似地，只会往上长，没降过一次级，可是也从没接到过市长的手书。

在这儿干了五年，每天用正楷写小字，坐沙发。喝清茶，看本埠增刊，从不迟到，从不早走，把一肚皮的野心，梦想，和罗曼史全扔了。

在这儿干了五年，从没接到过市长的手书，今儿忽然接到了市长的手书！便怀着抄写公文的那种谨慎心情拆了开来。谁知道呢？是封撤职书。

一会儿，地球的末日到啦！

他不相信：

"我做错了什么事呢？"

再看了两遍。撤职书还是撤职书。

他把上面的牙齿咬着下嘴唇：——

嘴唇破了的时候，墨盒里的墨他不用再磨了。

嘴唇破了的时候，会计科主任把他的薪水送来了。

二　星期六晚上

厚玻璃的旋转门：停着的时候，像荷兰的风车；动着的时候，像水晶柱子。

五点到六点。全上海几十万辆的汽车从东部往西部冲锋。

可是办公处的旋转门像了风车，饭店的旋转门便像了水晶柱子。人在街头站住了，交通灯的红光潮在身上泛滥着，汽车从鼻子前擦过去。水晶柱子似的旋转门一停，人马上就鱼似地游进去。

星期六晚上的节目单：

1. 一顿丰盛的晚宴，里边要有冰水和冰淇淋。

2. 找恋人；

3. 进夜总会；

4. 一顿滋补的点心，冰水，冰淇淋和水果绝对禁止。

（附注：醒回来是礼拜一了——因为礼拜日是安息日。）

吃完了 Chicken a! a king 是水果，是黑咖啡。恋人是 Chicken a! a king 那么娇嫩的，水果那么新鲜的。可是她的灵魂是咖啡那么黑色的……伊甸园里逃出来的蛇啊！

星期六晚上的世界是在爵士的轴子上回旋着的"卡通"的地球，那么轻巧，那么疯狂地；没有了地心吸力，一切都建筑在空中。

星期六的晚上，是没有理性的日子。

星期六的晚上，是法官也想犯罪的日子。

星期六的晚上，是上帝进地狱的日子。

带着女人的人全忘了民法上的诱奸律。每一个让男子带着的女子全说自己还不满十八岁，在暗地里伸一伸舌尖儿。开着车的人全忘了在前面走着的，因为他的眼珠子正在玩赏着恋人身上的风景线，他的手却变了触角。

星期六的晚上，不做贼的人也偷了东西，顶爽直的人也满肚皮是阴谋，基督教徒说了谎话，老年人拼着命吃返老还童药片，老练的女子全预备了Kissproof 的点唇膏。……

街——

（普益地产公司每年纯利达资本三分之一

100000 两

东三省沦亡了吗

没有东三省的义军还在雪地和日寇作殊死战

同胞们快来加入月捐会

大陆报销路已达五万份

一九三三年宝塔克

自由吃排）

"《大晚夜报》！"卖报的孩子张着蓝嘴，嘴里有蓝的牙齿和蓝的舌尖儿，他对面的那只蓝霓虹灯的高跟儿鞋鞋尖正冲着他的嘴。

"《大晚夜报》！"忽然他又有了红嘴，从嘴里伸出舌尖儿来，对面的那只大酒瓶里倒出葡萄酒来了。

红的街，绿的街，蓝的街，紫的街……强烈的色调化装着都市啊！霓虹灯跳跃着——五色的光潮，变化着的光潮，没有色的光潮——泛滥着光潮的天空，天空中有了酒，有了灯，有了高跟儿鞋。也有了钟……

请喝白马牌威士忌酒……吉士烟不伤吸者咽喉……

亚历山大鞋店，约翰生酒铺，拉萨罗烟商，德茜音乐铺。朱古力糖果铺，国泰大戏院，汉密而登旅社……

回旋着，永远回旋着的霓虹灯——

忽然霓虹灯固定了：

"皇后夜总会"

玻璃门开的时候。露着张印度人的脸；印度人不见了，玻璃门也开啦。门前站着个穿蓝褂子的人，手里拿着许多白哈巴狗儿。吱吱地叫着。

一只大青蛙，睁着两只大圆眼爬过来啦，肚子贴着地，在玻璃门前吱地停了下来。低着脑袋。从车门里出来了那么漂亮的一位小姐，后边儿跟着出来了一位穿晚礼服的绅士，马上把小姐的胳膊拉上了。

"咱们买个哈巴狗儿。"

绅士马上掏出一块钱来，拿了支哈巴狗给小姐。

"怎么谢我？"

小姐一缩脖子，把舌尖冲着他一吐，皱着鼻子做了个鬼脸。

"Charmin9，dear！"

便接着哈巴狗儿的肚子，让它吱吱地叫着，跑了进去。

三　五个快乐的人

白的台布，白的台布，白的台布，白的台布……白的——

白的台布上面放着：黑的啤酒，黑的咖啡，……黑的，黑的……

白的台布旁边坐着的穿晚礼服的男子：黑的和白的一堆：黑头发，白脸，黑眼珠子，白领子，黑领结。白的浆褶衬衫，黑外褂，白背心，黑裤子……黑的和白的……

白的台布后边站着侍者，白衣服，黑帽子，白裤子上一条黑镶边……

白人的快乐，黑人的悲哀。非洲黑人吃人典礼的音乐，那大雷和小雷似的鼓声，一只大号角呜呀呜的，中间那片地板上，一排没落的斯拉夫公主们跳着黑人的踔跶舞，一条条白的腿在黑缎裹着的身子下面弹着：——

得得得一得达！

又是黑和白的一堆！为什么在她们的胸前给镶上两块白的缎子，小腹那儿镶上一块白的缎子呢？跳着，斯拉夫的公主们；跳着，白的腿，白的胸脯儿和白的小腹；跳着，白的和黑的一堆……白的和黑的一堆。全场的人全害了疟疾。疟疾的音乐啊，非洲的林莽里是有毒蚊子的。

哈巴狗从扶梯那儿叫上来。玻璃门开啦，小姐在前面，绅士在后面。

"你瞧，彭洛夫班的猎舞！"

"真不错！"绅士说。

舞客的对话：

"瞧，胡均益！胡均益来了。"

"站在门口的那个中年人吗？"

"正是。"

"旁边那个女的是谁呢？"

"黄黛茜吗！嗳，你这人怎么的！黄黛茜也不认识。"

"黄黛茜那会不认识。这不是黄黛茜！"

"怎么不是？谁说不是？我跟你赌！"

"黄黛茜没这么年青！这不是黄黛茜！"

"怎么没这么年青，她还不过三十岁左右吗！"

"那边儿那个女的有三十岁吗？二十岁还不到——"

"我不跟你争。我说是黄黛茜，你说不是，我跟你赌一瓶葡萄汁。你再仔细瞧瞧。"

黄黛茜的脸正在笑着，在瑙玛希拉式的短发下面，眼只有了一只，眼角边有了好多皱纹，却巧妙地在黑眼皮和长眉尖中间隐没啦。她有一只高鼻子，把嘴旁的皱纹用阴影来遮了。可是那只眼里的憔悴味是即使笑也遮不住了的。

号角急促地吹着，半截白半截黑的斯拉夫公主们一个个的，从中间那片地板上，溜到自台布里边，一个个在穿晚礼服的男子中间溶化啦。一声小铜钹像玻璃盘子掉在地上似地，那最后一个斯拉夫公主便矮了半截，接着就不见了。

一阵拍手，屋顶会给炸破了似的。

黄黛茜把哈巴狗儿往胡均益身上一扔，拍起手来，胡均益连忙把拍着的手接住了那支狗，哈哈地笑着。

顾客的对话：

"行，我跟你赌！我说那女的不是黄黛茜——嗳，慢着，我说黄黛茜没那么年轻，我说她已经快三十岁了。你说她是黄黛茜。你去问她，她要是没到二十五岁的话，那就不是黄黛茜，你输我一瓶葡萄汁。"

"她要是过了二十五岁的话呢？"

"我输你一瓶。"

"行！说了不准翻悔，啊？"

"还用说吗？快去！"

黄黛茜和胡均益坐在自台布旁边，一个侍者正在她旁边用白手巾包着酒瓶把橙黄色的酒倒在高脚杯里。胡均益看着酒说：

"酒那么红的嘴唇啊！你嘴里的酒是比酒还醉人的。"

"顽皮！"

"是一只歌谱里的句子呢。"

哈，哈，哈！

"对不起，请问你现在是二十岁还是三十岁？"

黄黛茜回过脑袋来，却见顾客甲立在她后边几。她不明白他是在跟谁讲话，只望着他。

"我说，请问你今年是二十岁还是三十岁？因为我和我的朋友在——"

"什么话，你说？"

"我问你今年是不是二十岁？还是——"

黄黛茜觉得白天的那条蛇又咬住她的心了，猛地跳起来，拍，给了一个耳括子，马上把手缩回来，咬着嘴唇，把脑袋伏在桌上哭啦。

胡均益站起来道："你是什么意思？"

顾客甲把左手掩着左面的腮帮儿："对不起，请原谅我，我认错人了。"鞠了一个躬便走了。

"别放在心里，黛茜。这疯子看错人咧。"

"均益，我真的看着老了吗？"

"那里？那里！在我的眼里你是永远年青的！"

黄黛茜猛地笑了起来："在'你'的眼里我是永远年青的！哈哈，我是永远年青的！"把杯子提了起来。"庆祝我的青春啊！"喝完了酒便靠胡均益肩上笑开啦。

"黛茜，怎么啦？你怎么啦？黛茜！瞧，你疯了！你疯了！"一面按着哈巴狗的肚子，吱吱地叫着。

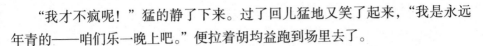
"我才不疯呢！"猛的静了下来。过了回儿猛地又笑了起来，"我是永远年青的——咱们乐一晚上吧。"便拉着胡均益跑到场里去了。

留下了一只空台子。

旁边台子上的人悄悄地说着：

"这女的疯了不成！"

"不是黄黛茜吗？"

"正是她！究竟老了！"

"和她在一块儿的那男的很像胡均益，我有一次朋友请客，在酒席上碰到过他的。"

"可不正是他，金子大王胡均益。"

"这几天外面不是谣得很厉害，说他做金子蚀光了吗？"

"我也听见人家这么说。可是，今儿我还瞧见了他坐了那辆'林肯'，陪了黄黛茜在公司里买了许多东西的——我想不见得一下子就蚀得光，他又不是第一天做金子。"

玻璃门又开了，和笑声一同进来的是一个二十二三岁的男子，还有一个差不多年纪的人扶着他的胳膊，一位很年轻的小姐摆着张焦急的脸，走在旁边儿，稍微在后边儿一点。那先进来的一个，瞧见了舞场经理的秃脑袋，一抬手用大手指在光头皮上划了一下：

"光得可以！"

便哈哈地捧着肚子笑得往后倒。

大伙儿全回过脑袋来瞧他：

礼服胸前的衬衫上有了一堆酒渍，一丝头发拖在脑门上，眼珠子像发寒热似的有点儿润湿，红了两片腮帮儿，胸襟那儿的小口袋里胡乱地塞着条麻纱手帕。

"这小子喝多了酒咧！"

"喝得那个模样儿！"

秃脑袋上给划了一下的舞场经理跑过去帮着扶住他，一边问还有一个男子：

"郑先生在哪儿喝了酒的？"

"在饭店里吗！喝得那个模样还硬要上这儿来。"忽然凑着他的耳朵道：

"你瞧见林小姐到这儿来没有，那个林妮娜？"

"在这里！"

"跟谁一同来的？"

这当儿，那边儿桌子上的一个女的跟桌上的男子说："我们走吧？那醉鬼来了！"

"你怕郑萍吗？"

"不是怕他，喝醉了酒，给他侮辱了，划不来的。"

"要出去，不是得打他前边儿过吗？"

那女的便软着声音，说梦话似的道："我们去吧！"

男的把脑袋低着些，往前凑着些："行，亲爱的妮娜！"

妮娜笑了一下，便站起来往外走，男的跟在后边儿。

舞场经理拿嘴冲着他们一呶："那边儿不是吗？"

和那个喝醉了的男子一同进来的那女子插进来道：

"真给他猜对了。那个不是长脚汪吗？"

"糟糕！冤家见面了！"

长脚汪和林妮娜走过来了。林妮娜看见了郑萍，低着脑袋，轻轻儿的喊："明新！"

"妮娜，我在这儿，别怕！"

郑萍正在那儿笑，笑着，笑着，不知怎么的笑出眼泪来啦，猛地从泪珠儿后边儿看出去，妮娜正冲着自家儿走来，乐得刚叫：

"妮——"

一擦泪，擦了眼泪却清清楚楚地瞧见妮娜挂在长脚汪的胳膊上，便：

"妮——你1哼，什么东西！"胳膊一挣。

他的朋友连忙又抉住了他的胳膊；"你瞧错人咧，"抉着他往前走。同来的那位小姐跟妮娜点了点头，妮娜浅浅儿地笑了笑，便低下脑袋和冲郑萍瞪眼的长脚汪走出去了，走到门口，开玻璃门出去。刚有一对男女从外面开玻璃门进来，门上的霓虹灯反映在玻璃上的光一闪——

一个思想在长脚汪的脑袋里一闪："那女的不正是从前扔过我的芝君吗？怎么和缪宗旦在一块儿？"

一个思想在芝君的脑袋里一闪："长脚汪又交了新朋友了！"

长脚汪推左面的那扇门，芝君推右面的一扇门。玻璃门一动，反映在玻璃上的霓虹灯光一闪，长脚汪马上扠着妮娜的胳膊肘，亲亲热热地叫一声："Dear！……"

芝君马上挂到缪宗旦的胳膊上，脑袋稍微抬了点儿："宗旦……"宗旦的脑袋里是："此致缪旦君，市长的手书，市长的手书，此致缪宗旦君……"

玻璃门一关上，门上的绿丝绒把长脚汪的一对和缪宗旦的一对隔开了。走到走廊里正碰见打鼓的音乐师约翰生急急忙忙地跑出来，缪宗旦一扬手：

"Ho！！0，Johny！"

约翰生眼珠子歪了一下，便又往前走道："等会儿跟你谈。"

缪宗旦走到里边刚让芝君坐下，只看见对面桌子上一个头发散乱的人猛地一挣胳膊，碰在旁边桌上的酒杯上，橙黄色的酒跳了出来，跳到胡均益的腿上，胡均益正在那儿跟黄黛茜说话，黄黛茜却早已吓得跳了起来。

胡均益莫名其妙地站了起来："怎么会翻了的？"

黄黛茜瞧着郑萍，郑萍歪着眼道："哼，什么东西！"

他的朋友一面把他按住在椅子上，一面跟胡均益赔不是："对不起的很，他喝醉了。"

"不相干！"掏出手帕来问黄黛茜弄脏了衣服没有，忽然觉得自家的腿湿了，不由的笑了起来。

好几个白衣侍者围了上来，把他们遮着了。

这当儿约翰生走了来，在芝君的旁边坐了下来：

"怎么样，Baby？"

"多谢你，很好。"

"Johny，you！ook very sad！"

约翰生耸了耸肩膀，笑了笑。

"什么事？"

"我的妻子正在家生孩子，刚才打电话来叫我回去——你不是刚才瞧见我急急忙忙地跑出去吗？——我跟经理说。经理不让我回去。"说到这儿，一个侍者跑来道："密司特约翰生，电话。"他又急急忙忙地跑去了。

电灯亮了的时候，胡均益的桌子上又放上了橙黄色的酒，胡均益的脸又凑到黄黛茜的脸前面，郑萍摆着张愁白了头发的脸，默默地坐着，他的朋友拿手帕在擦汗，芝君觉得后边儿有人在瞧她，回过脑袋去，却是季洁，那两只眼珠子像黑夜似的，不知道那瞳子有多深，里边有些什么。

"坐过来吧？"

"不。我还是独自个儿坐。"

"怎么坐在角上呢？"

"我喜欢静。"

"独自个儿来的吗？"

"我爱孤独。"

他把眼光移了开去，慢慢地，像僵尸的眼光似地，注视着她的黑鞋跟，她不知怎么的哆嗦了一下，把脑袋回过来。

"谁？"缪宗旦问。

"我们校里的毕业生。我进一年级的时候。他是毕业班。"

缪宗旦在拗着火柴梗，一条条拗断了，放在烟灰缸里。

"宗旦，你今儿怎么的？"

"没怎么！"他伸了伸腰，抬起眼光来瞧着她。

"你可以结婚了，宗旦。"

"我没有钱。"

"市政府的薪水还不够用吗？你又能干。"

"能干——"把话咽住了，恰巧约翰生接了电话进来，走到他那儿："怎么啦？"

约翰生站到他前面，慢慢儿地道："生出来一个男孩子，可是死了。我的妻子晕了过去。他们叫我回去，我却不能回去。"

"晕了过去，怎么呢？"

"我不知道。"便默着，过了回儿才说道："我要哭的时候人家叫我笑！"

"I'm sorry for you, Johny！"

"! et's cheer up！"一口喝干了一杯酒，站了起来，拍着自家儿的腿，跳着跳着道："我生了翅膀，我会飞！啊，我会飞，我会飞！"便那么地跳着跳着的飞去啦。

芝君笑弯了腰，黛茜拿手帕掩着嘴，缪宗旦哈哈地大声儿的笑开啦。郑萍忽然也捧着肚子笑起来。胡均益赶忙把一口酒咽了下去跟着笑。

哈，哈，哈！哈！哈！哈，哈，哈，哈！哈，哈，哈哈！

黛茜把手帕不知扔到那儿去啦，脊梁盖儿靠着椅背，人望着上面的红霓虹灯。大伙儿也跟着笑——张着的嘴，张着的嘴，张着的嘴……越看越不像嘴啦。每个人的脸全变了模样儿，郑萍有了个尖下巴，胡均益有了个圆下巴，缪宗旦的下巴和嘴分开了，像从喉结那儿生出来的，黛茜下巴下面全是皱纹。

只有季洁一个人不笑，静静地用解剖刀似的眼光望着他们，竖起了耳朵，像深林中的猎狗似的，想抓住每一个笑声。

缪宗旦瞧见了那解剖刀似的眼光，那竖着的耳朵，忽然他听见了自家儿的笑声，也听见了别人的笑声，心里想着——"多怪的笑声啊！"

胡均益也瞧见了——"这是我在笑吗？"

黄黛茜朦胧地记起了小时候有一次从梦里醒来，看到那暗屋子，曾经大声地嚷过的——"怕！"

郑萍模模糊糊地——"这是人的声音吗？那些人怎么在笑的！"

一会儿这四个人全不笑了。四面还有些咽住了的，低低的笑声，没多久也没啦。深夜在森林里，没一点火，没一个人，想找些东西来倚靠，那么的又害怕又寂寞的心情侵袭着他们，小铜钹呛的一声儿，约翰生站在音乐台上：

"Cheer up，！adies and gent！emen！"

便咚咚地敲起大鼓来，那么急地，一阵有节律的旋风似的。一对对男女全给卷到场里去啦，就跟着那旋风转了起来。黄黛茜拖了胡均益就跑，缪宗旦把市长的手书也扔了，郑萍刚想站起来时，拉他进来的那位朋友已经把胳膊搁在那位小姐的腰上咧。

"全逃啦！全逃啦！"他猛地把手掩着脸，低下了脑袋，怀着逃不了的心境坐着。忽然他觉得自家儿心里清楚了起来，觉得自家儿一点也没有喝醉似的。抬起脑袋来，只见给自己打翻了酒杯的桌上的那位小姐正跟着那位中年绅士满场的跑，那样快的步伐，疯狂似的。一对舞侣飞似的转到他前面，一转又不见啦。又是一对，又不见啦。"逃不了的！逃不了的！"一回脑袋想找地方儿躲似的，却瞧见季洁正在凝视着他。便走了过去道："朋友，我讲笑话你听。"马上话匣子似的讲着话。季洁也不做声，只瞧着他，心里说：——

"什么是你！什么是我！我是什么！你是什么！"

郑萍只见自家儿前面是化石的眼珠子，一动也不动的，他不管，一边讲，一边笑。

芝君和缪宗旦跳完了回来，坐在桌子上。芝君微微地喘着气，听郑萍的笑话，听了便低低的笑，还没笑完。又给缪宗旦拉了去啦。季洁的耳朵听着郑萍，手指却在那儿拗火柴梗，火柴梗完了，便拆火柴盒，火柴盒拆完了，便叫侍者再去拿。

侍者拿了盒新火柴来道："先生。你的桌子全是拗断了的火柴梗了！"

"四秒钟可以把一根火柴拗成八根，一个钟头一盒半。现在是——现在是几点钟？"

"两点还差一点，先生。"

"那么，我拗断了六盒火柴，就可以走啦。"一面还是拗着火柴。

侍者白了他一眼便走了。

顾客的对话：

顾客丙——"那家伙倒有味儿，到这儿来拗火柴。买一块钱不是能在家里拗一天了吗？"

顾客丁——"吃了饭没事做，上这儿拗火柴来，倒是快乐人哪。"

顾客丙——"那喝醉了的傻瓜不乐吗？一进来就把人家的酒打翻了。还骂人家什么东西，现在可拼命和人家讲起笑话来咧。"

顾客丁——"这溜儿那几个全是快乐人！你瞧，黄黛茜和胡均益，还有他们对面的那两个，跳得多有劲！"

顾客丙——"可不是，不怕跳断腿似的。多晚了，现在？"

顾客丁——"两点多咧。"

顾客丙——"咱们走吧？人家多走了。"

玻璃门开了，一对男女，男的歪了领带，女的蓬了头发，跑出去啦。

玻璃门又开了，又是一对男女，男的歪了领带，女的蓬了头发，跑出去啦。

舞场慢慢儿的空了，显着很冷静的，只见经理来回地踱，露着发光的秃脑袋，一会儿红，一会儿绿，一会儿蓝，一会儿白。

胡均益坐了下来，拿手帕抹脖子里的汗道："我们停一支曲子，别跳吧？"

黄黛茜说："也好——不，为什么不跳呢？今儿我是二十八岁，明儿就是

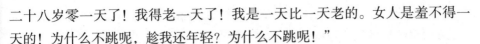

二十八岁零一天了！我得老一天了！我是一天比一天老的。女人是羞不得一天的！为什么不跳呢，趁我还年轻？为什么不跳呢！"

"黛茜——"手帕还拿在手里，又给拉到场里去啦。

缪宗旦刚在跳着，看见上面横挂着的一串串汽球的绳子在往下松，马上跳上去抢到了一个，在芝君的脸上拍了一下道："拿好了，这是世界！"芝君把汽球搁在他们的脸中间，笑着道：

"你在西半球，我在东半球！"

不知道是谁在他们的汽球上弹了一下，汽球碰的爆破啦。缪宗旦正在微笑着的脸猛地一怔："这是世界！你瞧，那破了的汽球——破了的汽球啊！"猛地把胸脯儿推住了芝君的，滑冰似地往前溜，从人堆里，拐弯抹角地溜过去。

"算了吧，宗旦，我得跌死了！"芝君笑着喘气。

"不相干，现在三点多啦，四点关门，没多久了！跳吧！跳！"一下子碰在人家身上。"对不起！"又滑了过去。

季洁拗了一地的火柴——

一盒，两盒，三盒，四盒，五盒……

郑萍还在那儿讲笑话，他自家儿也不知道在讲什么，尽笑着，尽讲着。

一个侍者站在旁边打了个呵欠。

郑萍猛地停住不讲了。

"嘴干了吗？"季洁不知怎么的会笑了。

郑萍不做声，哼着：

> 陌生人啊！
> 从前我叫你我的恋人。
> 现在你说我是陌生人！
> 陌生人啊！
> …………

季洁看了看表。便搓了搓手，放下了火柴："还有二十分钟咧。"

时间的足音在郑萍的心上悉悉地响着，每一秒钟像一只蚂蚁似的打他的心脏上面爬过去。一只一只的，那么快的，却又那么多，没结没完的——"妮娜抬着脑袋等长脚汪的嘴唇的姿态啊！过一秒钟，这姿态就会变的，再过一秒钟，又会变的，变到现在，不知从等吻的姿态换到那一种姿态啦。"觉得心脏慢慢儿地缩小了下来，"讲笑话吧！"可是连笑话也没有咧。

时间的足音在黄黛茜的心上悉悉地响着，每一秒钟像一只蚂蚁似的打她心脏上面爬过去，一只一只的，那么快的，却又那么多，没结没完的——"一秒钟比一秒钟老了！'女人是过不得五年的。'也许明天就成了个老太婆儿啦！"觉得心脏慢慢儿的缩小了下来。"跳哇1"可是累得跳也跳不成了。

时间的足音在胡均益的心上悉悉地响着，每一秒钟像一只蚂蚁似的打他心脏上面爬过去，一只一只的，那么快的，却又是那么多，没结没完的……"天一亮，金子大王胡均益就是个破产的人了！法庭，拍卖行，牢狱……"觉得心脏慢慢儿的缩小了下来。他想起了床旁小几上的那瓶安眠药。餐间里那把割猪排的餐刀，外面汽车里在打瞌睡斯拉夫王子腰里的六寸手枪，那么黑的枪眼……"这小东西里边能有什么呢？"忽然渴望着睡觉，渴慕着那黑的枪眼。

时间的足音在缪宗旦的心上悉悉地响着，每一秒钟像一只蚂蚁似的打他心脏上面爬过去，一只一只地，那么快的，却又是那么多，没结没完的……"下礼拜起我是个自由人咧，我不用再写小楷。我不用再一清早赶到枫林桥去，不用再独自个坐在二十二路公共汽车里喝风；可不是吗？我是自由人啦！"觉得心脏慢慢儿地缩小了下来。"乐吧！喝个醉吧！明天起没有领薪水的日子了！"在市政府做事的谁能相信缪宗旦会有那堕落放浪的思想呢，那么个谨慎小心的人？不可能的事，可是不可能事也终有一天可能了！

白台布旁坐着的小姐们一个个站了起来，把手提袋拿到手里，打开来，把那面小镜子照着自家儿的鼻子擦粉，一面想："像我那么可爱的人——"因为她们只看到自家儿的鼻子，或是一只眼珠子，或是一张嘴，或是一缕头发；没有看到自家儿整个的脸。绅士们全拿出烟来，擦火柴点他们的最后的一枝。

音乐台放送着：

"晚安了，亲爱的！"俏皮的，短促的调子。

"最后一支曲子咧！"大伙儿全站起来舞着。场里只见一排排凌乱的白台布。拿着扫帚在暗角里等着的侍者们打着呵欠的嘴。经理的秃脑袋这儿那儿的发着光，玻璃门开直了，一串串男女从梦里走到明亮的走廊里去。

咚的一声儿大鼓，场里的白灯全亮啦，音乐台上的音乐师们低着身子收拾他们的乐器。拿着扫帚的侍者们全跑了出来，经理站在门口跟每个人道晚安，一会儿舞场就空了下来。剩下来的是一间空屋子，凌乱的，寂寞的，一片空的地板，白灯光把梦全赶走了。

缪宗旦站在自家儿的桌子旁边——"像一只爆了的汽球似的！"

黄黛茜望了他一眼——"像一只爆了的汽球似的。"

胡均益叹息了一下——"像一只爆了的汽球似的！"

郑萍按着自家儿酒后涨热的脑袋——"像一只爆了的汽球似的！"

季洁注视着挂在中间的那只大灯座——"像一只爆了的汽球似的。"

什么是汽球？什么是爆了的汽球？

约翰生皱着眉尖儿从外面慢慢儿地走进来。

"Good-night，Johny！"缪宗旦说。

"我的妻子也死了！"

"I'm awfu！！y sorry for you，Johnv！"缪宗旦在他肩上拍了

"你们预备走了吗？"

"走也是那么，不走也是那么！"

黄黛茜——"我随便跑那去，青春总不会回来的。"

郑萍啊——"我随便跑那去，妮娜总不会回来的。"

胡均益——"我随便跑那去，八十万家产总不会回来的。"

"等会儿！我再奏一支曲子，让你们跳。行不行？

"行吧。"

约翰生走到音乐台那儿拿了只小提琴来，到舞场中间站住了，下巴扣着提琴，慢慢儿地，慢慢儿地拉了起来，从棕色的眼珠子里掉下来两颗泪珠到弦线上面。没了灵魂似的，三对疲倦的人，季洁和郑萍一同地，胡均益和黄黛茜一同地，缪宗旦和芝君一同地在他四面舞着。

猛的，嘣！弦线断了一条。约翰生低着脑袋，垂下了手：

"I can't he！p！"

舞着的人也停了下来，望着他怔。

郑萍耸了耸肩膀道："No ot！e can he！p！"

季洁忽然看看那条断了的弦线道："C'est totne，ga vie，"

一个声音悄悄地在这五个人的耳旁吹嘘着："No one canhe！p！"

一声儿不言语的。像五个幽灵似的。带着疲倦的身子和疲倦的心一步步地走了出去。

在外面，在胡均益的汽车旁边，猛的碰的一声儿。

车胎？枪声？

金子大王胡均益躺在地上，太阳那儿一个枪洞，在血的下面，他的脸痛苦地皱着。黄黛茜吓呆在车厢里。许多人跑过来看，大声地问着，忙乱着，谈论着，叹息着，又跑开去了。

天慢慢儿亮了起来，在皇后夜总会的门前，躺着胡均益的尸身，旁边站着五个人。约翰生，季洁，缪宗旦，黄黛茜，郑萍，默默地看着他。

四　四个送殡的人

1932 年 4 月 10 日，四个人从万国公墓出来，他们是去送胡均益入土的。这四个人是愁白了头发的郑萍，失了业的缪宗旦，二十八岁零四天的黄黛茜，睁着解剖刀似的眼珠子的季洁。

黄黛茜——"我真做人做疲倦了！"

缪宗旦——"他倒做完了人咧！能像他那么憩一下多好啊！"

郑萍——"我也有了颗老人的心了！"

季洁——"你们的话我全不懂。"

大家便默着。

一长串火车驶了过去，驶过去，驶过去，在悠长的铁轨上。嘟的叹了口气。

辽远的城市，辽远的旅程啊！

大家叹息了一下，慢慢儿地走着——走着，走着。前面是一条悠长的。寥落的路……

辽远的城市，辽远的旅程啊！

1932 年 12 月 22 日

CRAVEN "A"

一

Craven "A" 的纯正的烟味从爵士乐里边慢慢儿地飘过来。回过脑袋去——咦，又是她！坐在那边儿的一张桌子上，默默地抽着烟。时常碰到的，那个有一张巴黎风的小方脸的，每次都带了一个新的男子的姑娘。从第一次看到她就注意着她了，她有两种眼珠子：抽着 Craven "A" 的时候，那眼珠子是浅灰色的维也勒绒似的，从淡淡的烟雾里，眼光淡到望不见人似的，不经意地，看着前面；照着手提袋上的镜子擦粉的时候，舞着的时候，笑着的时候，说话的时候，她有一对狡黠的，耗子似的深黑眼珠子，从镜子边上，从舞伴的肩上，从酒杯上，灵活地瞧着人，想把每个男子的灵魂全偷了去似的。

仔仔细细地瞧着她——这是我的一种嗜好。人的脸是地图；研究了地图上的地形山脉，河流，气候，雨量，对于那地方的民俗习惯思想特性是马上可以了解的。放在前面的是一张优秀的国家的地图：

北方的边界上是一片黑松林地带，那界石是一条白绢带，像煤烟遮满着的天空中的一缕白云。那黑松林地带是香料的出产地。往南是一片平原，白大理石的平原，——灵敏和机智的民族发源地。下来便是一条葱秀的高岭，岭的东西是两条狭长的纤细的草原地带。据传说，这儿是古时巫女的巢穴。草原的边上是两个湖泊。这儿的居民有着双重的民族性；典型的北方人的悲观性和南方人的明朗味；气候不定，有时在冰点以下。有时超越沸点；有猛烈的季节风，雨量极少。那条高岭的这一头是一座火山，火山口微微地张着，喷着 Craven "A" 的郁味，从火山口里望进去，看得见整齐的乳色的熔岩，在熔岩中间动着的一条火焰。这火山是地层里蕴藏着的热情的标志。这一带的民族还是很原始的。每年把男子当牺牲举行着火山祭。对于旅行者。这国家也不是怎么安全的地方。过了那火山便是海岬了。

下面的地图给遮在黑白图案的棋盘纹的，素朴的薄云下面！可是地形还是可以看出来的。走过那条海岬，已经是内地了。那儿是一片丰腴的平原。从那地平线的高低曲折和弹性和丰腴味推测起来，这儿是有着很深的粘土层。气候温和，徘徊是七十五度左右；雨量不多不少；土地润泽。两座孪生的小山倔强的在平原上对峙着，紫色的峰在隐隐地，要冒出到云外来似地。这儿该是名胜了吧。便玩想着峰石上的题字和诗句，一面安排着将来去游玩时的秩序。可是那国家的国防是太脆弱了。海岬上没一座要塞，如果从这儿偷袭进去，一小时内便能占领了这丰腴的平原和名胜区域的。再往南看去，只见那片平原变了斜坡，均匀地削了下去——底下的地图叫横在中间的桌子给挡住了！

南方有着比北方更醉人的春风。更丰腴的土地，更明媚的湖泊，更神秘的山谷，更可爱的风景啊！

一面憧憬着，一面便低下脑袋去。在桌子下面的是两条海堤，透过了那网袜，我看见了白汁桂鱼似的泥土。海堤的末端，睡着两只纤细的，黑嘴的白海鸥，沉沉地做着初夏的梦，在那幽静的滩岸旁。

在那两条海堤的中间的，照地势推测起来，应该是一个三角形的冲积平原，近海的地方一定是个重要的港口，一个大商埠。要不然，为什么造了两条那么精致的海堤呢？大都市的夜景是可爱的——想一想那堤上的晚霞，码头上的波声，大汽船入港时的雄姿，船头上的浪花，夹岸的高建筑物吧！

那两只海鸥醒啦，跟着那《晚安吧，维也纳》的调子，在透明的空气的海中飞着，自在地，安暇地。一会儿便混在一些海狗，一些黄鲨鱼，一蝗黑鲸鱼中间咧。Craven "A" 在桌上寂寞地燃着。

"我时常碰到的，坐在那边儿那只桌子上的小方脸的，穿黑白格子的那位姑娘。你认识她吗？"我问浩文。他正想站起来。

"那一个，你说？"他又坐了下来。

"就是那一个，和一个有小胡髭的男子在跳的。"

这当儿她和小胡髭舞到我们桌子前面来了，瞧见了浩文，跟他点了点脑袋。

"就是她！"

"她吗？就是我上次跟你说过的那个 Hot Baby 呢！"浩文笑了起来，瞧着他的舞伴林苔莉小姐。

林小姐撇了撇嘴唇道："瞧我干吗？"

浩文对我说道："怎么？你想认识她吗？"

我说："想了好久了。她是个有趣的人物。"

"快别说啦。再说下去，我们的林小姐要不高兴了。"

"怎么？林小姐跟她讲不来的吗？"

"不是讲不来。我又不认识她，只是——可是，你们男子为什么专爱认识她呢？那么个小方脸，我实在看不出什么地方漂亮？"

浩文轻轻地在我耳朵旁说道："你说的那位姑娘就是余慧娴，大名鼎鼎的余慧娴。"

"就是她吗？"

我知道许多她的故事的；差不多我的朋友全曾到这国家去旅行过的，因为交通便利，差不多全只一两天便走遍了全国，在那孪生的小山的峰石上，他们全题过诗词，老练的还是了当地一去就从那港口登了岸，再倒溯到北方去的，有的勾留了一两天，有的勾留了一礼拜，回来后便向我夸道着这国家的风景的明媚。大家都把那地方当一个短期旅行的佳地。

浩文又说下去道："你知道的，我们都跟她说过爱她，可是谁是真的爱她呢？那么 Cheap 的！人是很可爱的一个人，暂时玩玩是可以的，你要真的爱上了她，那就糟了！_在香港，一个人是为着她死了，一个人还关在狱里，你瞧她却在这儿乐。那么危险的人呢。你如果要我介绍……"

我点了点脑袋。

（一个被人家轻视着的女子短期旅行的佳地明媚的风景在舞场海水浴场电影院郊外花园公园里生长着的香港被玩弄的玩弄着别人的被轻视的被轻视的给社会挤出来的不幸的人啊）

忽然，对于她，我发生了一种同情，一种怀念："她自家儿可知道是被人家轻视着玩弄着呢？"——那么地想着。

一支调子完了，她从我们的桌子前走过回到自家儿的桌上去，给浩文一把抓住了。

"在这儿坐一回吧。"

她坐了下来，看着我道："浩文，又给我介绍新朋友吗？"

"对了，袁野邨先生，余慧娴小姐，"

"袁先生，请你到我桌上去拿一拿烟。"

"我有烟。"

"不。我要 Craven 'A'。"

"为什么要 Craven 'A' 呢？"

"我爱它那淡淡的，浅灰色的烟味。"

便走到她桌子上，把在盖上蹲着只黑猫的红盒子拿了来，给她擦亮了火，点了："我叫你 Craven 'A' 小姐。"

"留心，黑猫是带着邪气的。"

"黑猫也是幸福的像征。"

忽然她说道："你坐过来些，我跟你讲句话。"要告诉我什么秘密似的向我招着手。把脑袋凑了过去。她悄悄地说道："我叫你黑猫，好不好？"——那么稚气地。我不由笑了出来。

林小姐在鼻子里冷笑了一声儿。她的眼光在告诉我："可不是吗，那么 Cheap 的！"我替 Craven "A" 难受；我瞧着她，她却很高兴地笑着，不明白林小姐的笑似的。

她只抽了两口，便把在烟蒂儿上染着唇脂的烟卷递给了我。一面抽着这蜜味的烟，一面问："怎么我辛辛苦苦去拿了来，你又不抽了呢？"

"没事做，心里腻烦的时候才抽烟的。"

"现在不腻烦吗？"

点了点脑袋。

"为什么不腻烦呢？"

"因为……过来！"

把耳朵凑过去。她瞧着浩文，在我耳朵旁悄悄儿地说道："因为你有一张可爱的男性的脸哪！"说着便掩着脸笑起来。猛的我觉得腿上给踢了一下，看时，只见那两只黑嘴的白海鸥刚飞了回去，躲在她椅子底下，抬起脑袋来时，她却在手指缝里偷看我。对于那么没遮拦的大胆的孩气，我只有傻子似地说着："顽皮的孩子！"忽然她把手掩住了我的嘴叫别做声。把我手里的烟卷又抢了去，默默地坐着，喷着淡淡的烟，脸上没有笑劲儿，也没有狡黠的耗子的眼珠子。我瞧见的是什么呢？是一对浅灰色维也勒绒似的眼珠子。

音乐台那儿轻轻地飘起来的是一只感伤的，疲倦的调子，《初夏的最后一朵玫瑰》，很熟悉的一只民谣。

> 这是初夏的最后一朵玫瑰，
> 独自地开着；

她默默地坐着。我默默地坐着。在我前面的不是余慧娴，被许多人倾倒着的余慧娴。却是一个寂寞的。疲倦的，半老的妇人的剪影。

> 没有人怜惜她颊上的残红，
> 没有人为了她的叹息而叹息！

《初夏的最后一朵玫瑰》从弦线上消逝了的时候，她叹息了一下道："你知道那只调子吗？很熟很熟的一只旧调子。"

"我很喜欢那只调子的。"

"我简直是比什么还爱着这只调子。我六岁的时候，一个夏天的晚上，母亲教了我这支歌；这支歌我还记着，母亲却早就死了。我把这支歌教了绍明，这支歌我还记着，绍明呢？我把这支歌教了许多人，现在这些人全变了我的陌生人。这支歌是和我的…切记忆，一同地存在着的……"

我听着这半老的妇人向我絮絮地诉说着，在桌子上，隔着两只酒杯：在舞着的时候，脸贴着我的衬衫，在舞场门口，挂在我的胳膊上，在归家途中的汽车上，靠着我的肩膀。

暮春的晚上真是有点儿热。便推开了窗。站在七层楼的窗口，看外面溶解在灯光巾的街景，半夜的都市是睡熟了，只有霓虹灯的眼珠子在蔚蓝的被单下看着人。把她放在我口袋里的半包 Craven "A" 掏出来抽着。淡淡的烟雾飘到夜空里边，两个幻像飘到我的眼前。

一个是半老的，疲倦的，寂寞的妇人，看不见人似地，不经意地，看着我：

一个是年青的，孩气的姑娘向我嘻嘻地笑着。

又想起了浩文的话，林小姐的冷笑的眼光……寂寞啊！每天带着一个新的男子，在爵士乐中消费着青春，每个男子都爱她，可是每个男子都不爱她——我为她寂寞着。

可是我爱着她呢，因为她有一颗老了的心，一个年青的身子。

二十一日志

第二天从电影院出来，在车里：

"我爱你呢！"悄悄地吹嘘着。

"你也想做我的 Gigo！o 吗？"

"为什么不做你的恋人呢？"

"我是不会爱一个男子的。如果是第一次碰到你，你对我说：'我爱你呢'！我就说：'还是刚认识呢，让我过几天再爱你吧。'如果是一个月的交情。你对我说：'我爱你呢！'我就说：'我是不会再爱你了的。'如果是一年的交情，你对我说：'我爱你呢！'我就说：'我不认识你。'"

拐个弯，把车往荒僻的马路上开去。

"你会爱'我'的。"

"不会的。"

"会的，因为我爱着你。"

"没有一个男子能真诚地永远地爱着一个女人的——"忽然她把我的胳膊紧紧地拉着："刚才电影里瑙玛希拉的表情还记得吗？"

回过脑袋去，只见她稍微抬着点儿脑袋，眼珠子闪着醉人的光彩："瞧，是不是这么的？"睫光慢慢儿的盖到下眼皮上。

扳住了塞车，把车前的灯关了的时候，在自家儿的下巴下面发现了一张微微地战栗着的嘴。"记得的，后来那男子就抱住她了。"便噙住了那只战栗着的樱桃。

她在我耳旁悄悄地："坏东西！"

"我也表演给你看呀。"

"每天打个电话来，坏东西！"

"为什么？"

"因为你是我的Gigo！0，坏东西！"

"你才是坏东西！"

"黑猫，你是真的爱着我吗？"

"真的。"

"我不信，你是坏东西！"

<h1 style="text-align:center">二</h1>

夜风，挽歌似地欧着。从上面望下去，两排街灯无尽线延着，汽车的前灯夜海里的探照灯似的互相交织。夜的都会浮在黑暗的海中，朦胧地，粉画似的。

大月亮的尖角钩住在棕榈树的阔叶子上，生着棕色的毛发的树干前面坐着一对对的男女。音乐台那儿是大红大绿的，生硬的背景，原始的色调。围着霓虹灯的野火，坐着一伙土人。急促的蛇皮鼓把人的胃也震撼着。拍着手。吹着号角，嚷着，怕森林里的猛兽袭来似的。在日本风的纸灯下，乱跳乱抖着的是一群暂时剥去了文明，享受着野蛮人的音乐感情的，追求着末梢神经的刺激感的人们。

跟着Rumba的节奏，钟摆似地摇动着脑袋和肩膀，Craven "A" 舞着，把头发阳伞似地撤了开来，在小胡髭的怀里。小胡髭给累得一脑的汗，喘着气，高兴地笑着。我摇着大蒲扇，看着这非洲的黑女儿：

"那么疯狂地跳着啊！"

觉得大地真的马上要沉下去的样子。

倩苹忽然在我的身边说道："不准看她！"

"为什么呢？"

"那种人！"

一个穿黑旗袍的女子在我前面急急地走过，在我旁边站住了，往场子中间瞧，一张生气的脸。

"你瞧，这是小胡髭的妻子，有把戏瞧的了。"倩苹高兴了起来。

这女子瞧见了小胡髭。便气呼呼地走了进去，一把拖开了他，在怔住了的 Craven "A" 的腮帮儿上，拍的一下耳刮子。

"贱货！不要脸的贱货！"

在我身边的情苹拍起手来。我看见许多桌子上的女子们笑着。

"也许她们要把小胡髭的妻子抬在头上，当民族英雄地游行着了，"——那么想着，便把高兴着的情苹扔在桌上，走了过去，却见那小胡髭低着脑袋，Craven "A" 已经跑到外面走廊里去了。

我追到走廊里，刚巧见到她跨进电梯。我赶进电梯，她瞧见了我，便坍了的建筑物似地倒在我怀中，哭了起来，受了委屈的孩子似的。

五楼，四楼，三楼，二楼，——那么地跌了下去。

"我们去喝点儿酒吧？"

"好的，孩子。"

走出饭店门的时候，她的头发遮了她的一只眼珠子。嘴里有葡萄味的酒香。没擦胭脂的腮帮儿也红了。把烟蒂儿塞在栽口袋里，走上车去。

在车里，她哈哈地笑着。

"一只猫，两只狗，……"说着那么的话。

"就是那么的，那时我是十七岁……他说，亲爱的，再喝一杯……就是那么的……你知道吗？……心也跳得那么厉害……

（拉着我的手去按在她胸脯儿上。）

就是那么的，他把我抱到床上，我什么也不知道……今天我没醉，我还会说话……第二天起来，我发觉自家儿是睡在一个旅馆里的床上，我的贞操。碎纸片似地散了一地……"

脑袋靠到我的肩膀上，慢慢儿地没了声音，溶了的雪人似的。在肩旁的是一个睡了的孩子。在睡梦中还是用嘴说着话："我哭着……他不说话……是的……他不说话……后来，就不见了……"

车在我的 Apartment 前停下来时，她已经连话也不说了，沉沉地睡在我的胳膊上面。我托着她下车，把她搁在臂上，抱进门，管门的印度人对我笑着。抱着她进电梯，开电梯的歪带着黑呢的制帽，在金线绣的"司机人"三个字下笑着。走到房间门口，侍者弯着腰开门时，忽然侧着脑袋对我笑着。等我走进了屋子，那房间门便咯的锁了。我懂得那些笑。懂得那些咯的钥匙声的。

把她放到床上时，我已经连衬衫也浸透了汗啦。

躺在床上的是妇女用品店橱窗里陈列的石膏模型。胸脯儿那儿的图案上的红花，在六月的夜的温暖的空气里，在我这独身汉的养花室里盛开了，挥发着热香。这是生物，还是无生物呢？石膏模型到了晚上也是裸体的。已经十二点钟咧！便像熟练的橱窗广告员似的，我卸着石膏模型的装饰。高跟鞋儿，黑漆皮的腰带，——近代的服装的裁制可真复杂啊！一面钦佩裁缝的技巧，解了五十多颗扣子，我总算把这石膏模型从衣服里拉了出来。

这是生物，还是无生物呢？

这不是石膏模型，也不是大理石像。也不是雪人；这是从画上移植过来的一些流动的线条，一堆 Cream，在我的被单上绘着人体画。

解了八条宽紧带上的扣子，我剥了一层丝的梦，便看见两条白蛇交叠着，短裤和宽紧带无赖地垂在腰下，缠住了她。粉红色的 Corset 紧紧地啮着她的胸肉——衣服还要脱了，Corset 就做了皮肤的一部分吗：觉得刚才喝下去的酒从下部直冒上来。忽然我知道自家儿已经不是橱窗广告员，而是一个坐着"特别快"，快通过国境的旅行者了。便看见自家儿的手走到了那片丰腴的平原上，慢慢儿的爬着那孪生的小山，在峰石上题了字，刚要顺着那片斜坡，往大商埠走去时，她忽然翻了个身，模模糊糊地说了两句话，又翻了过来，撅着的嘴稍微张着点儿，孩子似的。

"完全像个孩子似的！"——便想起了在舞场里的电梯里，她一见到我便倒在怀里哭出来的模样。那么地倚赖着我啊！

给她盖上了一层毯子，我用冷水洗了一个脸。把自家儿当做她的父亲，当做她的哥，跑去关了电灯，坐在沙发里，连衣服也没脱，睡了。做了一晚的梦：梦着坐飞机；梦着生了翅膀，坐在飞机上再往上飞去；梦见溜冰；来了，梦见自家儿从山顶上滑下来，嘶的一下子，便睡热啦。后来又做起梦来，梦见一只蚊子飞到我鼻子里，痒得厉害，拿手指去捉，它又飞了出来，一放下手，它又飞进去啦，临了，我一张嘴，打了个喷嚏，睁开眼来，却见一只眼珠子狡黠地笑着。她蹲在我前面，手里拿了细纸条，头发还蓬乱着。

"坏东西！"擦了擦鼻子，打了个哈欠。

"你在这儿睡了一晚上吗？"

"床上不是给你睡去了吗？"

"衣服是你给我脱的吗？"

"我解了五十多颗扣子呢！"

"为什么不替我把短裤和Corest也脱了，给我换上睡衣呢？你瞧，不是很容易的吗？在这儿一解就行了。害我一晚上没睡舒服。"

"换了别人早就给你脱了。你看，我是在沙发上坐了一晚上的。"

"亲爱的"忽然捧了我的脸，吻了一"下，叫我把眼皮闭上，便又睡熟咧。再醒回来时便不见了她。

晚上回来，袋里的钥匙怎么也摸不到，便叫侍者开了门。房间里铺满了一地月光，窗纱是那么地皎洁。窗是一个静静的星空，床那儿黑得可爱。也不想开灯，换了睡衣，在黑儿里边抽了支烟，看得着月光移到床上去，照得半床青。走到床边，躺下了，一只手伸到里床去拉被，不料却触在一个人的身上，给吓得直跳起来，却给她把一只胳膊拉住了。黑儿里是一个窗纱那么皎洁的人体。没有Corset也没有短裤。

"今天没喝醉，在这儿等了好久了。"

"早上是你把我的钥匙拿去的吗？"

我又躺了下去，昨天的酒又从下部冒了起来。

三

吃了早饭，坐在窗前看报的时候，忽然接到了一个女子声音的电话。"大概又是离婚案件吧？"——那么地想着拿了电话筒。

"袁律师公馆。"

"吓死我了，袁律师公馆！"

"你是谁？"

"你知道我是谁？"

我听出来了，是Craven "A"的清脆的，带着橙子香的声音。

"你吗？"

"为什么不来看我？"

"唔……我……"我真的有点儿忘了她了，因为近来刚接到了三件争遗产的大讼案，实在忙得不得了。

"别唔呀我的，马上就来！"

"在电话筒里给我个吻，我就来。"

电话筒里喷的一声儿，接着就是笑声，一面儿便断了；我再讲话时，那边儿已经没了人。

（喷喷喷喷喷）

这声音雷似的在我脑子里边哄闹着，我按着她写给我的地址，走到法租界很荒僻的一条马路上。找到五十八号，是一座法国式的小屋子，上去按了按铃。右边一排窗里的一扇，打开了，从绿窗帷里探出一颗脑袋来。

"咪……！"学着猫叫，冲着我喷了口烟。

我走到窗口，她却在绿窗帷后面消隐了。爬在窗外，我喊："慧娴！"

"咪……！"她却亭亭地站在门口。穿着西服，圆领子给晨风吹了起来。

走到门口，她便拉着我的手，非常高兴地跳到里边客室里去。很简单的陈设，一张长沙发，两张软椅，一只圆桌，一个壁炉，一张小几，一只坐垫放在地上，一架无线电播音机，一只白猫躺在壁炉前的瓷砖上，热得伸着舌头。从绿窗帷里漏进一丝太阳光来，照在橱钟的腿上。这是一个静寂的六月的早晨。我坐在软椅上：

"你好吗？快乐吗？"

她把坐垫拿过来，孩子似地坐在我脚下，抬着脑袋。鹦鹉似的说着话："真是寂寞呢。又是夏天，那么长的夏天！你瞧，全出去了，我独自个儿在家里抽着烟。寂寞啊！我时常感到的。你也有那种感觉吗？一种彻骨的寂寞，海那样深大的，从脊椎那儿直透出来，不是眼泪或是叹息所能洗刷的，爱情友谊所能抚慰的——我怕它！我觉得自家儿是孤独地站在地球上面，我是被从社会切了开来的。那样的寂寞啊！我是老了吗？还只二十岁呢！为什么我会有那种孤独感，那种寂寞感？"

"所以你有了这许多 Gigo！o 吗？"

"Gigo！o？是的，我有许多。你瞧！"把桌子上的一本贴照簿拿给我，便跑着去啦。

打开那本厚厚的贴照簿，全是在阔领带上笑着的男子。我正在翻。她拿着只精致的小银箱，一杯鲜桔水，一盒糖跑来了："你瞧，这小银箱里的东西。"银箱里是手帕和信札，在那褪色的绢上和陈旧的纸上有些血画的心，和血写的字。"这许多人！有的说，要是我再不爱他的话，他要自杀了，有的说预备做独身汉，有的预备憎恨着天下所有的女子。……可是要自杀的到现在还健康地活着，到处跟人家说：'那么 Cheap 的！值得为了她自杀吗？'预备做独身汉的却生了子女。预备做女性憎恨者的却在疯狂地追求着女性，一面却说：'我从前爱错了，会去爱上了那么 Cheap 的一个女子！'男子全是有一张说谎的嘴的，他们倒知道轻视我！他们不是找不到女朋友的时候，不会来找我的。说我玩弄他们——他们是真的爱我不成？屁！……那么的寂寞啊！只有揪着头发，默默地坐着，抽着烟。"受了委屈的孩子似的，枕在我膝盖上，撅的嘴。

"好孩子。我还是爱着你呢！"抚着她的头发。

"我不信。"忽然回过脑袋来，跪在地上看着我，扯着我的领子："真的吗？真的吗！"

"真的。"

她便竖直了身子，胳膊围着我的脖子，把我的脑袋拉下去："真的吗？"把身子全挂在我的脖子上面，摇着我的肩膀："可是真的吗？真的吗！"

轻轻地在她嘴上吻了一下："真的！"

她一动不动地，紧紧地看着我的眼珠子。

"你不信吗？"

她放了手，忽然断了气似的，坍到我腿上，脊梁靠着我的膝盖："我不信。他们说我 Cheap！Cheap！他们说我 Cheap！"青色的寂寞从她脸上浮过，不再做声了，像睡熟了似的。

她的腿伸在前面，脚下的两只黑嘴白海鸥，默默地。

我懂得这颗寂寞的心的。

《初夏的最后一朵玫瑰》从她嘴里，又像是从海鸥的嘴里漏了出来，叹息似地。

> 没有人怜惜她颊上的残红，
> 没有人为了她的太息而太息！

四

为了解决三件争遗产的大讼案，我忙了一个多礼拜，又到南京去了一次。去南京的时候，我在车站上打了个电话给她，想告诉她我回来后就去看她。不料打了五个电话，那边老说是姓夏，末了一个，我把她的电话号码说出来，问是不是这个号码。

"是的。是三八九二五。"

"是法租界姓余的吗？"

那边过了一回才说道："是的，你找谁？"

"我找慧娴。对不起，烦你去请你们的小姐来听电话。"

"我们这儿没这么个人的。"便断了。

当时，我因为急着搭车，也没再打。从南京回来后，我在房间里的桌子上看到了一封信，是大前天寄出的邮戳，拆开来时，里边是一把钥匙，和一张很小的素笺。

黑猫：

我去了。我相信世上大概只有你一个人还会记着我吧！

Craven "A"

我坐下来，在桌上拿了支 Craven "A" 抽着，从烟雾里飘起了一个影子，一个疲倦的。寂寞的，半老的妇人的影子。

> 这是初夏的最后一朵玫瑰，
> 独自地开着；

抽完了烟，我便把那把钥匙放到一只藏纪念物的小匣子里边。我预备另外再配一把钥匙了。

1932 年 2 月 2 日写

公墓

一

黑的大理石，白的大理石，在这纯洁的大理石底下，静静地躺着我韵母亲。墓碑是我自家儿写的——

"徐母陈太夫人之墓
民国十八年二月十五日儿克渊书

二

四月，愉快的季节。

郊外，南方来的风，吹着暮春的气息。这儿有晴朗的太阳，蔚蓝的天空；每一朵小野花都含着笑。这儿没有爵士音乐，没有立体的建筑，跟经理调情的女书记。田野是广阔的，路是长的，空气是静的，广告牌上的绅士是不会说话，只会抽烟的。

在母亲的墓前，我是纯洁的，愉快的；我有一颗孩子的心。

每天上午，我总独自个儿跑到那儿去，买一束花，放在母亲的墓前，便坐到常青树的旁边，望着天空，怀念着辽远的孤寂的母亲。老带本诗集去。躺在草地上读，也会带口琴去，吹母亲爱听的第八交响曲。可是在母亲墓前，我不抽烟，因为她是讨厌抽烟的。

管墓的为了我天天去，就和我混熟了，时常来跟我瞎拉扯。我是爱说话的，会唠叨地跟他说母亲的性情，说母亲是怎么个人。他老跟我讲到这死人的市府里的居民，讲到他们的家，讲到来拜访他们的人。

"还有位玲姑娘也是时常到这儿来的。"有一天他这么说起了。"一来就像你那么的得坐上这么半天。"

"我怎么没瞧见过？"

"瞧见过的。不十分爱说话的，很可爱的，十八九岁的模样儿，小个子。有时和她爹一块儿来的。"

我记起来了，那玲姑娘我也碰到过几回，老穿淡紫的，稍微瘦点儿，她的脸和体态我却没有实感了，只记得她给我的印象是矛盾的集合体，有时是结着轻愁的丁香，有时是愉快的。在明朗的太阳光底下嘻嘻地笑着的白鸽。

"那座坟是她家的？"

"斜对面，往右手那边儿数去第四，有花放在那儿的——瞧到了没有？玲姑娘今儿早上来过啦。"

那座坟很雅洁，我曾经把它和母亲的坟比较过，还记得是姓欧阳的。

"不是姓欧阳的吗？"

"对啦。是广东人。"

"死了的是她的谁？"

"多半是她老娘吧。"

"也是时常到这儿来伴母亲的孤儿呢。"当时我只这么想了一下。

那天我从公墓里出来，在羊齿植物中间的小径上走着，却见她正从对面来了，便端详了她一眼。带着墓场的冷感的风吹起了她的袍角。在她头发上吹动了暗暗的海，很有点儿潇洒的风姿。她有一双谜似的眼珠子，苍白的脸，腮帮儿有点儿焦红，一瞧就知道是不十分健康的。她叫我想起山中透明的小溪，黄昏的薄雾，戴望舒先生的"雨巷"，蒙着梅雨的面网的电气广告。以后又碰到了几次。老瞧见她独自个儿坐在那儿，含着沉默的笑，望着天边一大块一大块的白云，半闭着的黑水晶藏着东方古国的神秘。来的时候儿总是独自个来的，只有一次我瞧见她和几位跟她差不多年龄的姑娘到她母亲墓旁的墓地上野餐。她们大声地笑着，谈着。她那愉快地笑是有传染性的，大理石，石狮子。半折的古柱，风吕草，全对我嚷着：

"愉快啊——四月，恋的季节！"

我便"愉快啊"那么笑着；杜鹃在田野里叫着丁香的忧郁，沿着乡下的大路走到校里，便忘了饥饿地回想着她广东味的带鼻音的你字。为了这你字的妩媚我崇拜着明媚的南国。

接连两天没瞧见她上公墓去，她母亲的那座坟是寂寞的，没有花。我坐在母亲的墓前，低下了脑袋忧郁着。我是在等着谁——等一声远远儿飘来的天主堂的钟，等一阵晚风，等一个紫色的朦胧的梦。是在等她吗？我不知道。干吗儿等她呢？我并不认识她。是怀念辽远的母亲吗？也许是的。可是她来了，便会"愉快啊"那么地微笑着，这我是明白的。

第三天我远远儿的望见她正在那儿瞧母亲的墓碑。怀着吃朱古力时的感觉走了过去，把花放到大理石上：

"今儿你来早了。"

就红了脸。见了姑娘红着脸窘住了，她只低低地应了一声儿便淡淡地走了开去。瞧她走远了，我猛地倒了下去，躺在草地上；没有嘴，没有手，没有视觉，没有神经中枢，我只想跳起来再倒下去，倒下去再跳起来。我是无轨列车，我要大声地嚷，我要跑，我要飞，力和热充满着我的身子。我是伟大的。猛的我想起了给人家瞧见了，不是笑话吗？那么疯了似的！才慢慢地静了下来，可是我的思想却加速度地飞去了，我的脑纤维组织爆裂啦。成了那么多的电子，向以太中蹿着。每一颗电子都是愉快的，在我耳朵旁边苍蝇似的嗡嗡的叫。想着想着，可是在想着什么呢？自家儿也不知道是在那儿想着什么。我想笑；我笑着。我是中了 spring fever 吧？

"徐先生你的花全给你压扁啦。"

那管墓的在嘴角儿上叼着烟蒂儿，拿着把剪小树枝的剪刀。我正躺在花上，花真的给我压扁了。他在那儿修剪着围着我母亲的墓场的矮树的枝叶。我想告诉他我跟玲姑娘讲过了，告诉他我是快乐的。可是笑话哪。便拔着地上的草和他谈着。

晚上我悄悄地对母亲说："要是你是在我旁边儿，我要告诉你，你的儿子疯了。"可是现在我跟谁说呢？同学们要拿我开玩笑的。睡到早上，天刚亮，我猛地坐了起来望了望窗外，操场上没一个人，温柔的太阳的触手抚摩着大块的土地。我想着晚上的梦，那些，梦却像云似的飞啦，捉摸不到。又躺下去睡啦，——睡啦，像一个幸福的孩子。

下午，我打了条阔领带——我爱穿连领的衬衫，不大打领带的。从那条悠长的煤屑路向公墓那儿走去。温柔的风啊！火车在铁路上往那边儿驶去，嚷着，吐着气，喘着，一脸的汗。尽那边儿，蒙着一层烟似的，瞧不清楚，只瞧得蓝的天，广阔的田野，天主堂的塔尖，青的树丛。花房的玻璃棚反射着太阳的光线。池塘的水面上有苍老的青苔，岸上有柳树。在矮篱旁开着一丛蔷薇，一株桃花。我折了条白杨的树枝。削去了桠枝和树叶，当手杖。

一个法国姑娘，戴着白的法兰西帽，骑在马上踱着过来，她的笑劲儿里边有地中海旁葡萄园的香味。我笑，扬一扬手里的柳条，说道：

"愉快的四月啊！"

"你打它一鞭吧。"

我便在马腿上打了一鞭，那马就跑去了。那法国姑娘回过身来扬一扬胳臂。她是亲热的。挑着菜的乡下人也对我笑着。

走到那条往母亲墓前去的小径上，我便往她家的坟那儿望，那坟旁的常青树中间露着那淡紫的旗袍儿，亭亭地站在那儿哪。在树根的旁边。在黑绸的高跟儿鞋上面，一双精致的脚！紫色的丁香沉默地躺在白大理石上面，紫色的玲姑娘，沉默地垂倒了脑袋，在微风里边。

"她也在那儿啊：和我在一个蔚蓝的天下面存在着，和我在一个四月中间存在着，吹动了她的头发的风就是吹起了我的阔领带的风哪！"——我是那么没理由地高兴。

过去和她谈谈我们的母亲吧。就这么冒昧地跑过去不是有点儿粗野吗？可是我真的走过去啦，装着满不在乎的脸，一个把坟墓当做建筑的艺术而欣赏着的人的脸。她正在那儿像在想着什么似的，见我过去，显着为难的神情，招呼了一下，便避开了我的视线。

吞下了炸弹哪，吐出来又不是。不吐出来又不是。再过一会儿又得红着脸窘住啦。

"这是你母亲的墓吧？"究竟这么说了。

她不做声，天真的嘴犄角儿送来了怀乡病的笑。点下了脑袋。

"这么晴朗的季节到郊外来伴着母亲是比什么都有意思的。"只得像独自那么的扮着滑稽的角色，觉得快要变成喜剧的场面了。

"静静地坐在这儿望着蓝天是很有味的。"她坐了下去，不是预备拒绝我的模样儿。"时常瞧见你坐在那儿，你母亲的墓上，——你不是天天来的吗？"

"差不多天天来的。"我也跟着坐了下去，同时——"不会怪我不懂礼貌吧？"这么地想着。"我的母亲顶怕蚂蝗哪！"

"母亲啊！"她又望着远方了，沉默地笑着，在她视线上面，在她的笑劲儿上面，像蒙了一层薄雾似的，暗示着一种温暖的感觉。

我也喝醉了似的，躺在她的朦胧的视线和笑劲儿上面了。

"我还记得母亲帮我逃学，把我寄到姑母家里，不让爹知道。"

"母亲替我织的绒衫子，我三岁时穿的绒衫子还放在我放首饰的小铁箱里。"

"母亲讨厌抽烟，老从爹嘴上把雪茄抢下来。"

"母亲爱白芙蓉，我爱紫丁香。"

我的爹有点儿怕母亲的。

"跟爹斗了嘴，母亲也会哭的，我瞧见母亲哭过一次。"

"母亲啊！"

"静静地在这大理石下面躺着的正是母亲呢！"

"我的母亲也静静地躺在那边儿大理石下面哪！"

在怀念着辽远的母亲的情绪中，混合着我们中间友谊的好感。我们絮絮地谈着母亲生前的事，像一对五岁的孩子。

那天晚上，我在房里边跳着兜圈儿，把自家弄累了才上床去，躺了一会儿又坐起来。宿舍里的灯全熄了，我望着那银色的海似的操场，那球门的影子，远方的树。默默地想着，默默地笑着。

四

每天坐在大理石上，和她一同地，听着那寂寂的落花，靠着墓碑。说她不爱说话的人是错了，一讲到母亲，那张契默的嘴里，就结结巴巴地泛溢着活泼的话。就是缄默的时候，她的眼珠子也会说着神秘的话，只有我听得懂的话。她有近代人的敏感，她的眼珠子是情绪的寒暑表，从那儿我可以推测气压和心理的晴雨。

姑娘们应当放在适宜的背景里，要是玲姑娘存在在直线的建筑物里边，存在在银红的，黑和白配合着的强烈颜色的衣服里边，存在在爵士乐和 neon！ight 里边，她会丧失她那种结着淡淡的哀愁的风姿的。她那蹙着的眉尖适宜于垂直在地上的白大理石的墓碑，常青树的行列，枯花的凄凉味。她那明媚的语调和梦似的微笑却适宜于广大的田野，晴朗的天气，而她那蒙着雾似的视线老是望着辽远的故乡和孤寂的母亲的。

　　有时便伴着她在田园间慢步着，听着在她的鞋跟下扬起的恋的悄语。把母亲做中心点，往外，一圈圈地划着谈话资料的圆。

　　"我顶喜欢古旧的乡村的空气。"

　　"你喜欢骑马吗？骑了马在田野中跑着。是年轻人的事。"

　　"母亲是死在西湖疗养院的，一个五月的晚上。肺结核是她的遗产；有了这遗产，我对于运动便是绝缘体了。"说到肺结核，她的脸是神经衰弱病患者的。

　　为了她的健康，我忧郁着。"如果她死了，我要把她葬在紫丁香塚里，弹着 mando！in，唱着肖邦的流浪曲，伴着她，像现在伴着母亲那么地。"——这么地想着。

　　恋着一位害肺病的姑娘，猛的有一天知道了她会给肺结核菌当做食料的，真是痛苦的事啊。可是痛苦有嘛用呢？

　　"那么，你干吗不住到香港去哪？那儿不是很好疗养院吗？南方的太阳会医好你的。"我真希望把她放在暖房里花似的培养着哪……小心地在快枯了的花朵上洒着水——做园丁是快乐的。我要用紫色的薄绸包着她，盖着那盛开着的花蕊，成天地守在那儿，不让蜜蜂飞近来。

　　"是的，我爱香港。从我们家的窗子里望出去，可以看到在细雨里蛇似地蜿蜒着维多利亚市的道路。我爱那种淡淡的哀愁。可是父亲独自个儿在上海寂寞，便来伴他；我是很爱他的。"

　　走进了一条小径，两边是矮树扎成的篱子。从树枝的底下穿过去，地上有从树叶的空隙里漏下来的太阳光，蚂蚱似的爬在蔓草上；蔓草老缠住她的鞋跟，一缠住了，便轻轻地顿着脚。蹙着眉尖说：

　　"讨厌的……"

　　那条幽静的小径是很长的，前面从矮篱里边往外伸着苍郁的夏天的灌木的胳膊，那迷离的叶和花遮住了去路，地上堆满着落花，风吕草在脚下怨恨着。俯着身子走过去，悉悉地，践着混了花瓣的松土。猛的矮篱旁伸出枝蔷薇来，枝上的刺钩住了她的头发，我上去帮着她摘那些刺，她歪着脑袋瞧。这么一来，我便忘了给蔷薇刺出血来的手指啦。

走出了那条小径。啊，瞧哪！那么一大片麦田，没一座屋子，没一个人！那边儿是一个池塘，我们便跑到那儿坐下了。是傍晚时分，那么大的血色的太阳在天的那边儿，站在麦穗的顶上，蓝的天，一大块一大块的红云，紫色的暮霭罩住了远方的麦田。水面上有柳树的影子，我们的影子。那么清晰的黑暗。她轻轻地喘着气－散乱的头发，桃红的腮帮儿——可是肺病的征像哪！我忧郁着。

"广大的田野！"

"蓝的天！"

"那太阳，黄昏时的太阳！"

"还有——"还有什么呢？还有她啊；她正是黄昏时的太阳！可是我没讲出来。为什么不说呢？说"姑娘，我恋着你。"可是我胆怯，只轻轻地"可爱的季节啊！"这么叹息着。

"瞧哪！"她伸出脚来，透明的，浅灰的丝袜子上面爬满了毛虫似的草实。

"我……我怎么说呢？我要告诉你一个故事。从前有一位姑娘，她是像花那么可爱的，是的，像丁香花。有一痴心的年轻人恋着她，可是她不知道。那年轻人天天在她身旁，可是他却是孤独的，忧郁的。那姑娘是不十分康健的，他为她挂虑着。他是那么地恋着他，只要瞧见了她便觉得幸福。他不敢请求什么，也不敢希冀什么，只要她知道他的恋，他便会满意的。可是那姑娘却不知道；不知道他每晚上低低地哭泣着……"

"可是那姑娘是谁哪？"

"那姑娘……那姑娘？是一位紫丁香似的姑娘……是的，不知在哪本书上看来的一个故事罢咧。"

"可爱的故事哪。借给我那本书吧。"

"我忘了这本书的名字，多咱找到了便带给你。就是找不到，我可以讲给你听的。"

"可爱的故事哪！可是，瞧哪，在那边儿。那边是我的故乡啊！"蒙着雾似的眼珠子望着天边，嘴犄角儿上挂着梦似的笑。

我的恋，没谁知道的恋，沉默的恋，埋在我年轻的心底。

"如果母亲还活着的话，她会知道的；我会告诉她的。我要跪在她前面，让她抚着我的头发，告诉她。她儿子隐秘的恋。母亲啊！"我也望着灭边，嘴犄角儿上挂着寂宽的笑，睁着忧郁的眼。

五

在课堂前的石阶上坐着，从怀里掏出母亲照片来悄悄地跟她说。

"母亲，爹爱着你的时候儿是怎么跟你说的呢？他也讲个美丽的，暗示的故事给你听的吗？他也是像我那么胆怯的吗？母亲，你为什么要生一个胆怯的儿子哪？"

母亲笑着说："淘气的孩子。沉默地恋着不也很好吗？"

我悄悄地哭了。深夜里跑到这儿来干吗呢？夜风是冷的，夜是默静而温柔的；在幸福和忧郁双重压力下，孩子的心是脆弱的。

弹着 mando！in，低低地唱着，靠在墓碑上：

> 我的生命有一个秘密，
> 一个青春的恋。
> 可是我恋着的姑娘不知道我的恋，
> 我也只得沉默。
> 天天在她身边，我是幸福的，
> 可是依旧是孤独的；
> 她不会知道一颗痛苦的孩子的心，
> 我也只得沉默。
> 她听着这充满着"她"的歌时，
> 她会说："她是谁呢？"
> 直到年华度尽在尘土，我不会向她明说我的恋。
> 我也只得沉默！

我低下了脑袋，默默地。玲姑娘坐在前面：
"瞧哪，像忧郁诗人莱诺的手杖哪，你的脸！"

"告诉你吧，我的秘密……"可是我永远不会告诉她真话的。"我想起了母亲呢！"

便又默着了。我们是时常静静地坐着的。我不愿意她讲话，瞧了她会说话的嘴我是痛苦的。有了嘴不能说自家儿的秘密，不是痛苦的哑子吗？我到现在还不明白，为什么我那时不明说；我又不是不会说话的人。可是把这么在天真的年龄上的纯洁的姑娘当做恋的对象，真是犯罪的行为呢。她是应该玛利亚似地供奉着的，用殉教者的热诚，每晚上为她的康健祈祷着。再说。她讲多了话就喘气，这对于她的康健有妨碍。我情愿让她默着。她默着时，她的发，她的闭着的嘴，她的精致的鞋跟会说着比说话时更有意思的悄语，一种新鲜的，得用第六觉去谛听的言语。

那天回去的路上，尘土里有一朵残了的紫丁香。给人家践过的。她拾了起来裹在白手帕里边，塞在我的口袋里。

"我家里有许多这么的小紫花呢，古董似的藏着，有三年前的，干得像纸花似的。多咱到我家里来瞧瞧吧。我有妈的照片和我小时候到现在的照片；还有贵重的糖果，青色的书房。"

第二天是星期日，我把那天的日记抄在下面：

五月二十八日

我不想到爹那儿去，也不想上母亲那儿去。早上朋友们约我上丽娃栗姐摇船去；他们说那边儿有柳树，有花，有快乐的人们，在苏州河里边摇船是江南人的专利权。我拒绝了。他们说我近来变了。是的，我变了，我喜欢孤独。我时常独自个在校外走着，思量着。我时常有失眠的晚上，可是谁知道我怎么会变的？谁知道我在恋着一位孤寂的姑娘！母亲知道的，可是她不会告诉别人的。我自家儿也知道，可是我告诉谁呢？

今儿玲姑娘在家里伴父亲。我成天地坐在一条小河旁的树影下，哑巴似的，什么事也不做，戴了顶阔边草帽。夏天慢慢儿的走来了，从那边田野里，从布谷鸟的叫声里。河边的草像半年没修发的人的胡髭。田岸上走着光了上半身的老实的农夫。天上没一丁点云。大路上，趁假日到郊外来骑马的人们，他们的白帆布马裤在马背上闪烁着；我是寂寞的。

晚上，我把春天的衣服放到箱子里，不预备再穿了。

明儿是玲的生日，我要到她家里去。送她些什么礼呢？我要送她一册戴望舒先生的诗集，一束紫丁香。和一颗痛苦着的心。

今晚上我会失眠的。

六

洒水车嘶嘶地在沥青路上走过，戴白帽的天主教徒喃喃地讲着她们的故国，橱窗里摆着小巧的日本的遮阳伞，丝睡衣。不知那儿已经有蝉声了。

墙上牵满着藤叶，窗子前种着棵芭蕉，悉悉地响着。屋子前面有个小园，沿街是一溜法国风的矮栅。走进了矮栅，从那条甬道上走到屋子前的石阶去，只见门忽然开了，她亭亭地站在那儿笑着，很少见的顽皮的笑。等我走近了，一把月季花的子抛在我脸上，那些翡翠似的子全在我脸上爆了。"早从窗口那儿瞧见了你哪。"

"这是我送你的小小的礼物。"

"多谢你。这比他们送我的那些糖果，珠宝啦可爱多啦。"

"我知道那些你爱好的东西。"恳切地瞧着她。

可是她不会明白我的眼光的。我跟了她进去。默着。陈设得很简单的一间书房，三面都有窗。一只桃花木的写字台靠窗放着，那边儿角上是一只书架，李清照的词，凡尔兰的诗集。

"你懂法文的吗？"

"从前我父亲在法国大使馆任上时，带着我一同去的。"

她把我送她的那本《我的记忆》放到书架上。屋子中间放着只沙发榻，一个天鹅绒的坐垫，前面一只圆几，上面放了两本贴照簿，还有只小沙发。那边靠窗一只独脚长几，上面一只长颈花瓶，一束紫丁香。她把我送她的紫丁香也插在那儿。"那束丁香是爹送我的。它们枯了的时候。我要用紫色的绸把它们包起来，和母亲织的绒衫在一块儿。"

她站在那儿，望着那花。太阳从白窗纱里透过来，抚摸着紫丁香的花朵和她的头发，温柔地。窗纱上有芭蕉的影子。闲静浸透了这书房。我的灵魂，思想，全流向她了，和太阳的触手一同地抚摸着那丁香，她的头发。

"为什么单着重那两束丁香呢？"

她回过身来，用那蒙着雾似的眼光望我，过了一会才说道："你不懂的。"

我懂的！这雾似的眼光，这一刹那，这一句话，在我的记忆上永远是新鲜的。我的灵魂会消灭，我的身子会朽腐，这记忆永远是新鲜的。

窗外一个戴白帆布遮阳帽的影子一闪，她猛地跳起来，跑了出去。我便瞧一下壁上的陈设。只挂着一架银灰的画框，是 Monet 的田舍画。苍郁的夏日的色彩和简朴的线条。

"爸，你替我到客厅里去对付那伙儿客人吧。不，你先来瞧瞧他，就是我时常提到的那个孩子。他的母亲是妈的邻舍呢！你瞧瞧，他也送了我一束紫丁香……"她小鸟似的躲在一个中年人的肩膀下面进来了。有这么个女儿的父亲是幸福的。这位幸福的父亲的肘下还夹着半打鱼肝油，这使我想起实验室里石膏砌的骨骼标本，和背着大鳖鱼的丹麦人。他父亲脸上还剩留着少年时的风韵。他的身子是强壮的。怎么会生了瘦弱的女儿呢？瞧了在他胁下娇小的玲姑娘，我忧郁着。他把褂子和遮阳帽交给了她，掏出手帕来擦一擦脑门上的汗，没讲几句话，便带了他那体贴女儿的脸一同出去了。

"会客室里还有客人吗？"

"讨厌的贺客。"

"为什么不请他们过来呢？"

"这间书房是我的，我不愿意让他们过来闹。"

"我不相干。你伴他们谈去吧。疏淡了他们不大有礼貌的。"

"我不是答应了你一块儿看照片的吗？"

便坐在那沙发榻上翻着那本贴照簿。从照上我认识了她的母亲，嘴角和瘦削的脸和她是很像的。她拿了一大盒礼糖来跟我一块儿吃着。贴照簿里边有一张她的照片，是前年在香港拍的：坐在一丛紫丁香前面：那熟悉的笑，熟悉的视线，脸比现在丰腴，底下写着一行小字："Say it with f! owers，"

"谁给你拍的？"

"爸……"这么说着便往外跑。"我去弄 Tea 你吃。"

那张照片，在光和影上，都够得上说是上品，而她那种梦似的风姿在别的照片中是找不到的。我尽瞧着那张照，一面却："为什么她单让我一个人走进她的书房来呢？为什么她说栽不懂的？不懂的……不懂的……什么意思哪，那么地瞧着我？向她说吧，说我爱她……啊！啊！可是问她要了这张照吧！我要把这张照片配了银灰色的框子，挂在书房里，和母亲的照一同地，也在旁边放了只长脚儿，插上了紫丁香，每晚上跪在前面，为她祈福。"——那么地沉思着。

她拿了银盘子进来，给我倒了一杯牛奶红茶。还有一个香蕉饼，两片面包。

"这是我做的。在香港我老做椰子饼和荔子饼给父亲吃。"

她站到圆桌旁瞧我吃，孩气地。

"你自家儿呢？"

"我刚才吃了糖不能再吃了，健康的人是幸福的；我是只有吃鱼肝油的福分。广东有许多荔子园，那么多的荔子，黑珠似的挂在枝上，那透明的荔肉！"

"你今天很快乐哪！可不是吗？"

"因为我下星期要到香港了，跟着父亲。"

"什么？"我把嘴里的香蕉饼也忘了。

"怎么啦？还要回来的。"

刚才还馋嘴地吃着的香蕉饼，和喝着牛奶红茶全吃不下了，跟她说呢，还是不跟她说？神经组织顿时崩溃了下来，——没有脊椎，没有神经，没有心脏的人了哪！

"多咱走哪？"

"后天。应该来送我的。"

"准来送你的。可是明儿我们再一同去看看母亲吧？"

"我本来预备去的。可是你为什么不吃哪？"

我瞧着她，默着——说还是不说？

"不吃吗？讨厌的。是我自家儿做的香蕉饼哪！你不吃吗？"蹙着眉尖，轻轻地顿着脚，笑着，催促着。

像反刍动物似地，我把香蕉饼吃了下去，又吐了出来，再嚼着，好久才吃完了。她坐在钢琴前面弹着，Kiss me goodnight, not good bye, 感伤的调子懒懒地在紫丁香上回旋着，在窗后面躲着。天慢慢儿地暗了下来，黄昏的微光从窗子那儿偷偷地进来，爬满了一屋子。她的背影是模糊的，她的头发是暗暗的。等她弹完了那调子，阖上了琴盖。我就戴上了帽子走了。她送我到栅门边，说道：

"我今儿是快乐的！"

"我也是快乐的！再会吧。"

"再会吧！"扬一扬胳臂，送来了一个微笑。

我也笑着。走到路上，回过脑袋来，她还站在门边向我扬着胳臂。前面的一串街灯是小姐们晚礼服的钻边。忽然我发现自家儿眼眥上也挂着灯，珠子似的，闪耀着，落下去了；在我手里的母亲照片中的脸模糊了。

"为什么不向她说呢？"后悔着。

回过身去瞧，那书房临街的窗口那儿有了浅绿的灯光，直照到窗外窥视着的藤上，而那依依地，寂寞地响着的是钢琴的幽咽的调子，嘹亮的声音。

七

第二天，只在墓场里巡行了一回，在母亲的墓上坐着。她也注意到了我的阴郁的脸色，问我为什么。"告诉她吧？"那么地想着。终究还是说了一句：

"怀念着母亲呢！"

天气太热，她的纱衫已经给汗珠轻薄地浸透了背上，里面的衬衣自傲地卖弄着风情。她还要整理行装，我便催着她回去了。

送行的时候连再会也没说，那船便慢慢地离开了码头，可是她眼珠子说着的话我是懂得的。我站在码头上，瞧着那只船。她和她的父亲站在船栏后面……海是青的，海上的湿风对于她的康健是有妨害的。我要为她祝福。

她走了没几天，我的父亲为了商业的关系上天津去，得住几年，我也跟着转学到北平。临走时给了她一封信，写了我北平的地址。

每天坐在窗前，听着沙漠里的驼铃，年华的蛩音。这儿有晴朗的太阳，蔚蓝的天空，可是江南的那一种风，这儿是没有的。从香港她寄了封信来，说下月便到上海来；她说香港给海滨浴场，音乐会，夜总会，露天舞场占满了，每天只靠着窗栏逗鹦鹉玩。第二封信来时，她已经在上海啦；她说，上海早就有了秋意，窗前的紫丁香枯了，包了放在首饰箱里，鹦鹉也带了来就挂在放花瓶的那只独脚几旁，也学会了叹息地说：

"母亲啊！"

她又说还是常上公墓那儿去的，在墓前现在是只有菊花啦。可是北平只有枯叶呢，再过几天，刮黄沙的日子快来咧。等着信的时间是长的，读信的时间是短的——我恨中国航空公司，为什么不开平沪班哪？列车和总统号在空间运动的速度是不能和我的脉搏相应的。

从褪了金黄色的太阳光里，从郊外的猎角声里，秋天来了。我咳嗽着。没有恐惧，没有悲哀，没有喜乐，秋天的重量我是清楚的。再过几天，我又要每晚上发热了。秋天淌冷汗，在我，是惯常的事。多咱我们再一同到公墓呢？你的母亲也许在那儿怀念你哪！

玲十月二十三日

　　咳嗽得很厉害，发了五天热，脸上泛着桃色。父亲忧虑着。赶明儿得进医院了。每年冬季总是在蝴蝶似的看护妇，寒热表，硝酸臭味里边过的，想不到今年这么早就进去了。希望你天天写信来，在医院里，这是生活的必需品。

玲十一月五日

　　我瘦多了。今年的病比往年凶着点儿。母亲那儿好久不去了；等病好了，春天来了，我想天天去。

　　我在怀念着在墓前坐着谈母亲的日子啊！

　　又：医生禁止我写信，以后恐怕不能再写了。

玲十一月十四日

　　来了这封信后，便只有我天天地写信给她，来信是没了。每写一封信，我总"告诉她吧？"——那么地思忖着。末了，便写了封很长的信给她。告诉她我恋着她，可是这封信却从邮局里退回来啦，那火漆还很完整的。信封上写着："此人已出院。"

　　"怎么啦？怎么啦？好了吗？还是……还是……"便想起那鱼肝油，白色的疗养院，冷冷的公墓，她母亲的墓，新的草地，新的墓，新的常春树，紫丁香……可是那墓场的冷感的风啊……冷感的风……冷感的风啊！

　　赶忙写了封信到她家里去，连呼吸的闲暇也没有地等着。复信究竟来了，看到信封上的苍老的笔迹，我觉得心脏跳了出来，人是往下沉，往下沉。信是这么写着的：

　　年轻人，你迟了。她是十二月二十八葬到她母亲墓旁的。临死的时候儿，她留下来几件东西给你。到上海来时看我一次吧。我可以领你去拜访她的新墓。

欧阳旭。

"迟了！迟了！母亲啊。你为什么生一个胆怯的儿子呢？"没有眼泪，没有叹息，也没有悔恨，我只是低下了脑袋，静静地，静静地坐着。

一年以后，我跟父亲到了上海，那时正是四月。我换上了去年穿的那身衣服，上玲姑娘家去。又是春天啦，瞧，那些年轻的脸。我叩了门，出来开门的是她的爹，这一年他脸上多了许多皱纹，老多了。他带着我到玲姑娘的书房里。窗前那只独脚儿还在那儿，花瓶也还在那儿。什么都和去年一样，没什么变动。他叫我坐了一会，跑去拿了用绸包着的，去年我送玲姑娘的，枯了的紫丁香。和一本金边的贴照簿给我。

"她的遗产是两束枯了的紫丁香，两本她自家儿的照片，她吩咐我和你平分。"

我是认识这两件东西的，便默默地收下了，记起了口袋里还有她去年给我的从地上捡来的一朵丁香。

"瞧瞧她的墓去吧？"

便和他一起儿走了。路上买了一束新鲜的丁香。

郊外，南方来的风，吹着暮春的气息；晴朗的太阳。蔚蓝的天空，每一朵小野花都含着笑。田野是广阔的，路是长的，空气是静的，广告牌上的绅士是不会说话，只会微笑的。

走进墓场的大门，管墓的高兴地笑着，说道：

"欧阳先生。小姐的墓碑已经安上了。"

见了我，便：——

"好久不见了！"

"是的。"

走过母亲的墓，我没停下来。在那边儿，黑的大理石，白的大理石上有一块新的墓碑：

"爱女欧阳玲之墓"

我不会忘记的，那梦似的笑，蒙着雾似的眼光，不十分健康的肤色，还有"你不懂的。"我懂的，可是我迟了。

他脱下了帽子，我也脱下了帽子。

1932 年 3 月 16 日